Édition bilingue
ALLEMAND-FRANÇAIS
avec lecture audio intégrée

*Pour écouter la lecture de ce livre
dans sa version allemande ou dans sa traduction française
scannez le code en début de chapitre
avec votre téléphone portable, tablette
ou encore votre webcam depuis le site* HTTPS://WEBQR.COM

Nouvelle fantastique
Littérature allemande

Titre original :
DER SANDMANN

Traduction française :
Henry Egmont

Lecture en allemand :
Karlsson

Lecture en français :
Marieca

ISBN : 978-2-37808-061-7

ERNST THEODOR AMADEUS
HOFFMANN

L'HOMME
AU SABLE

Nathanael an Lothar

Gewiss seid Ihr alle voll Unruhe, daß ich so lange
– lange nicht geschrieben. Mutter zürnt wohl, und
Clara mag glauben, ich lebe hier in Saus und Braus und
vergesse mein holdes Engelsbild, so tief mir in Herz und
Sinn eingeprägt, ganz und gar. – Dem ist aber nicht so;
täglich und stündlich gedenke ich Eurer aller und in
süßen Träumen geht meines holden Clärchens freundliche
Gestalt vorüber und lächelt mich mit ihren hellen Augen
so anmutig an, wie sie wohl pflegte, wenn ich zu Euch
hineintrat. – Ach wie vermochte ich denn Euch zu
schreiben, in der zerrissenen Stimmung des Geistes, die
mir bisher alle Gedanken verstörte! – Etwas Entsetzliches
ist in mein Leben getreten! – Dunkle Ahnungen eines
gräßlichen mir drohenden Geschicks breiten sich wie
schwarze Wolkenschatten über mich aus, undurchdringlich
jedem freundlichen Sonnenstrahl. – Nun soll ich Dir
sagen, was mir widerfuhr. Ich muß es, das sehe ich ein,

Nathanaël à Lothaire

Sans doute vous êtes tous pleins d'inquiétude de n'avoir point reçu de lettre de ma part depuis si longtemps. Ma mère doit être fâchée, et Clara croit peut-être que je suis ici en goguette, et que je n'ai plus souvenance d'une charmante figure d'ange, dont mon cœur et ma pensée gardent pieusement l'image. — Il n'en est rien cependant ; chaque jour et à toute heure je pense à vous tous, et dans de douces rêveries, la gracieuse figure de mon aimable Clairette passe devant moi, et me sourit avec son regard limpide si touchant, comme elle ne manquait pas de le faire quand j'arrivais chez vous. — Ah ! comment pouvais-je vous écrire dans la disposition d'esprit déplorable qui jusqu'ici a confondu toutes mes idées ? — Quelque chose de terrible est venu corrompre ma vie ! — Les pressentiments confus d'une destinée affreuse me menacent et m'enveloppent comme de sombres nuages impénétrables à tout rayon lumineux. — Enfin il faut que je te confie ce qui m'est arrivé, maintenant il le faut, je le vois bien ;

aber nur es denkend, lacht es wie toll aus mir heraus. – Ach mein herzlieber Lothar! wie fange ich es denn an, Dich nur einigermaßen empfinden zu lassen, daß das, was mir vor einigen Tagen geschah, denn wirklich mein Leben so feindlich zerstören konnte! Wärst Du nur hier, so könntest Du selbst schauen; aber jetzt hältst Du mich gewiß für einen aberwitzigen Geisterseher. – Kurz und gut, das Entsetzliche, was mir geschah, dessen tödlichen Eindruck zu vermeiden ich mich vergebens bemühe, besteht in nichts anderm, als daß vor einigen Tagen, nämlich am 30. Oktober mittags um 12 Uhr, ein Wetterglashändler in meine Stube trat und mir seine Ware anbot. Ich kaufte nichts und drohte, ihn die Treppe herabzuwerfen, worauf er aber von selbst fortging.

Du ahnest, daß nur ganz eigne, tief in mein Leben eingreifende Beziehungen diesem Vorfall Bedeutung geben können, ja, daß wohl die Person jenes unglückseligen Krämers gar feindlich auf mich wirken muß. So ist es in der Tat. Mit aller Kraft fasse ich mich zusammen, um ruhig und geduldig Dir aus meiner frühern Jugendzeit so viel zu erzählen, daß Deinem regen Sinn alles klar und deutlich in leuchtenden Bildern aufgehen wird.

Indem ich anfangen will, höre ich Dich lachen und Clara sagen: »Das sind ja rechte Kindereien!« – Lacht, ich bitte Euch, lacht mich recht herzlich aus! – ich bitt Euch sehr! – Aber Gott im Himmel! die Haare sträuben sich mir und es ist, als flehe ich Euch an, mich auszulachen, in wahnsinniger Verzweiflung, wie Franz Moor den Daniel. – Nun fort zur Sache!

mais, rien que d'y penser, il m'échappe un rire involontaire, comme si j'étais devenu fou. — Ah ! mon bon ami Lothaire ! comment vais-je m'y prendre pour que tu comprennes que ce qui m'est arrivé récemment a dû réellement jeter dans ma vie un trouble aussi funeste ? Si tu étais ici, tu pourrais te convaincre de ce que j'avance, tandis que tu vas sûrement me traiter de visionnaire radoteur. — Bref, l'événement épouvantable en question, et dont je m'efforce en vain d'atténuer l'impression mortelle, consiste uniquement en ce qu'il y a quelques jours, c'était le 30 octobre, à l'heure de midi, un marchand de baromètres entra dans ma chambre pour m'offrir de ses instruments. Je n'achetai rien, et le menaçai de le jeter par les escaliers ; sur quoi il s'éloigna de son plein gré.

Tu prévois bien que certains rapports tout particuliers et essentiels dans ma vie peuvent seuls donner à cette rencontre une signification raisonnable, et que la personne de cet odieux brocanteur doit avoir sur moi quelque influence bien pernicieuse. — Il en est ainsi effectivement. — Je vais me recueillir de tout mon pouvoir pour te raconter, avec calme et patience, certains détails de mon enfance que l'activité de ta pensée saura transformer en tableaux vivants et colorés.

Je te vois déjà rire à cette lecture, et j'entends Clara s'écrier : « Mais ce sont de vrais enfantillages ! » — Riez, je vous prie, moquez-vous de moi de tout votre cœur : je vous en conjure instamment ! — Mais, Dieu du ciel ! mes cheveux se dressent d'effroi, et il me semble que cette inspiration de solliciter vos railleries part d'un désespoir insensé, comme les prières que *Franz Moor* adresse à *Daniel*[1]... mais venons au fait.

---

1. Allusion à la scène première du cinquième acte des *Brigands* de Schiller. — Franz,

Außer dem Mittagsessen sahen wir, ich und mein Geschwister, tagüber den Vater wenig. Er mochte mit seinem Dienst viel beschäftigt sein. Nach dem Abendessen, das alter Sitte gemäß schon um sieben Uhr aufgetragen wurde, gingen wir alle, die Mutter mit uns, in des Vaters Arbeitszimmer und setzten uns um einen runden Tisch.

Der Vater rauchte Tabak und trank ein großes Glas Bier dazu. Oft erzählte er uns viele wunderbare Geschichten und geriet darüber so in Eifer, daß ihm die Pfeife immer ausging, die ich, ihm brennend Papier hinhaltend, wieder anzünden mußte, welches mir denn ein Hauptspaß war. Oft gab er uns aber Bilderbücher in die Hände, saß stumm und starr in seinem Lehnstuhl und blies starke Dampfwolken von sich, daß wir alle wie im Nebel schwammen. An solchen Abenden war die Mutter sehr traurig und kaum schlug die Uhr neun, so sprach sie: »Nun Kinder! – zu Bette! zu Bette! der Sandmann kommt, ich merk es schon.« Wirklich hörte ich dann jedesmal etwas schweren langsamen Tritts die Treppe heraufpoltern; das mußte der Sandmann sein.

Enfants, ma sœur et moi, c'était fort rarement, hormis l'heure du dîner, que nous voyions mon père durant la journée ; il devait être fort occupé par ses affaires. Mais après le repas du soir, qui était servi à sept heures, suivant les vieux usages, nous allions, ainsi que ma mère, avec lui dans son cabinet de travail, et nous prenions tous place autour d'une table ronde.

Mon père fumait, un grand verre de bière devant lui. Souvent il nous racontait beaucoup d'histoires merveilleuses, et avec un tel entraînement que sa pipe s'éteignait toujours. Alors, j'étais chargé de la rallumer avec du papier enflammé, ce qui m'amusait infiniment. Souvent aussi, il nous mettait dans les mains des livres d'images, et il restait assis dans son fauteuil, immobile et taciturne, en renvoyant des nuages de fumée qui nous enveloppaient tous comme d'un épais brouillard. Ces soirs-là, notre mère paraissait fort triste ; et à peine l'horloge sonnait-elle neuf heures : « Allons, enfants ! disait-elle, au lit, au lit ! voici l'homme au sable : je l'entends qui vient. » — Effectivement, j'entendais toujours alors dans l'escalier un bruit de pas qui semblaient monter pesamment et avec lenteur : ce devait être l'homme au sable.

---

poursuivi par le remords du forfait qu'il a commis contre son père, se réveille en sursaut après un horrible rêve, et rencontre Daniel, son vieux serviteur, qu'il épouvante par sa contenance et ses discours égarés. Puis il entreprend le récit de ce songe, et cherche lui-même à se soustraire à l'impression d'effroi qu'il lui cause : « Les rêves ne signifient rien, n'est-ce pas, Daniel ?... Je veux te raconter... mais, je t'en prie, moque-toi bien de moi ! — C'est un plaisant rêve !... — Eh bien pourquoi ne ris-tu pas ?

Daniel : Je frissonne des pieds à la tête. — Dieu ! ayez pitié de moi.

Franz : Allons donc, ne dis pas cela. Appelle-moi un fou, un radoteur, un extravagant ! Je t'en prie, mon bon Daniel, moque-toi de moi !

Daniel : Les rêves viennent de Dieu. Je prierai pour vous. — etc. »

Einmal war mir jenes dumpfe Treten und Poltern besonders graulich; ich frug die Mutter, indem sie uns fortführte: »Ei Mama! wer ist denn der böse Sandmann, der uns immer von Papa forttreibt? – wie sieht er denn aus?« – »Es gibt keinen Sandmann, mein liebes Kind«, erwiderte die Mutter: »wenn ich sage, der Sandmann kommt, so will das nur heißen, ihr seid schläfrig und könnt die Augen nicht offen behalten, als hätte man euch Sand hineingestreut.« – Der Mutter Antwort befriedigte mich nicht, ja in meinem kindischen Gemüt entfaltete sich deutlich der Gedanke, daß die Mutter den Sandmann nur verleugne, damit wir uns vor ihm nicht fürchten sollten, ich hörte ihn ja immer die Treppe heraufkommen.

Voll Neugierde, Näheres von diesem Sandmann und seiner Beziehung auf uns Kinder zu erfahren, frug ich endlich die alte Frau, die meine jüngste Schwester wartete: was denn das für ein Mann sei, der Sandmann? »Ei Thanelchen«, erwiderte diese, »weißt du das noch nicht? Das ist ein böser Mann, der kommt zu den Kindern, wenn sie nicht zu Bett gehen wollen und wirft ihnen Händevoll Sand in die Augen, daß sie blutig zum Kopf herausspringen, die wirft er dann in den Sack und trägt sie in den Halbmond zur Atzung für seine Kinderchen; die sitzen dort im Nest und haben krumme Schnäbel, wie die Eulen, damit picken sie der unartigen Menschenkindlein Augen auf.« – Gräßlich malte sich nun im Innern mir das Bild des grausamen Sandmanns aus;

Une fois, ce bruit sourd et étrange m'ayant causé plus de frayeur qu'à l'ordinaire, je demandai à ma mère, pendant qu'elle nous emmenait : « Dis donc, maman, qui est donc ce méchant homme au sable qui nous chasse toujours de chez papa ? quel air a-t-il ? — Il n'y a point d'homme au sable, mon cher enfant, répondit ma mère ; quand je dis : Voici l'homme au sable ! cela veut dire seulement : vous avez sommeil, et vous ne pouvez tenir les yeux ouverts, comme si l'on vous y avait jeté du sable. » — La réponse de ma mère ne me satisfit pas, et dans mon esprit d'enfant s'enracina la conviction que ma mère ne niait l'existence de l'homme au sable que pour nous empêcher d'en avoir peur ; car je l'entendais constamment monter l'escalier.

Plein de curiosité d'apprendre quelque chose de plus précis sur cet homme au sable et sur ses rapports avec nous autres enfants, je demandai enfin à la vieille femme qui avait soin de ma petite sœur : « Quel homme c'était que l'homme au sable ? — Ah, Thanel, répondit celle-ci, tu ne le sais pas encore ? C'est un méchant homme qui vient trouver les enfants quand ils refusent d'aller au lit ; alors il jette de grosses poignées de sable dans leurs yeux, qui sortent tout sanglants de la tête ; puis il les enferme dans un sac, et les emporte dans la lune pour servir de pâture à ses petits, qui sont dans leur nid. Ceux-ci ont, comme les hiboux, des becs crochus avec lesquels ils mangent les yeux aux petits enfants qui ne sont pas sages. » — Dès ce moment, l'image du cruel homme au sable se peignit en moi sous un aspect horrible.

sowie es abends die Treppe heraufpolterte, zitterte ich vor Angst und Entsetzen. Nichts als den unter Tränen hergestotterten Ruf. »Der Sandmann! der Sandmann!« konnte die Mutter aus mir herausbringen. Ich lief darauf in das Schlafzimmer, und wohl die ganze Nacht über quälte mich die fürchterliche Erscheinung des Sandmanns.

Schon alt genug war ich geworden, um einzusehen, daß das mit dem Sandmann und seinem Kindernest im Halbmonde, so wie es mir die Wartefrau erzählt hatte, wohl nicht ganz seine Richtigkeit haben könne; indessen blieb mir der Sandmann ein fürchterliches Gespenst, und Grauen – Entsetzen ergriff mich, wenn ich ihn nicht allein die Treppe heraufkommen, sondern auch meines Vaters Stubentür heftig aufreißen und hineintreten hörte. Manchmal blieb er lange weg, dann kam er öfter hintereinander. Jahrelang dauerte das, und nicht gewöhnen konnte ich mich an den unheimlichen Spuk, nicht bleicher wurde in mir das Bild des grausigen Sandmanns. Sein Umgang mit dem Vater fing an meine Fantasie immer mehr und mehr zu beschäftigen: den Vater darum zu befragen hielt mich eine unüberwindliche Scheu zurück, aber selbst – selbst das Geheimnis zu erforschen, den fabelhaften Sandmann zu sehen, dazu keimte mit den Jahren immer mehr die Lust in mir empor. Der Sandmann hatte mich auf die Bahn des Wunderbaren, Abenteuerlichen gebracht, das so schon leicht im kindlichen Gemüt sich einnistet.

Quand j'entendais le soir le bruit qu'il faisait en montant, je frissonnais de peur et d'angoisse. Ma mère ne pouvait tirer de moi que ce cri balbutié entre mes sanglots : « L'homme au sable ! l'homme au sable !... » Là dessus, je courais me réfugier dans la chambre à coucher, et durant toute la nuit, j'étais tourmenté par la terrible apparition de l'homme au sable.

J'étais déjà devenu assez grand pour concevoir que le conte de la vieille bonne sur l'homme au sable et son nid d'enfants dans la lune pouvait bien n'être pas tout à fait fondé ; et cependant l'homme au sable resta pour moi un terrible fantôme, et j'étais saisi d'effroi, d'une secrète horreur, quand je l'entendais, non-seulement monter dans l'escalier, mais aussi ouvrir brusquement la porte du cabinet de mon père et la refermer. Quelquefois il restait plusieurs jours de suite sans venir, et puis ses visites se succédaient immédiatement. Ceci dura pendant plusieurs années, et je ne pus m'accoutumer à l'idée de ce revenant odieux ; l'image de ce terrible homme au sable ne pâlissait pas dans mon esprit : ses relations avec mon père vinrent occuper de plus en plus mon imagination. Quant à questionner mon père à ce sujet, j'étais retenu par une crainte invincible ; mais pénétrer le secret par moi-même, voir de mes yeux le mystérieux homme au sable, l'envie bouillonnait dans mon sein et ne fit que s'échauffer avec l'âge. — L'homme au sable m'avait entraîné dans la sphère du merveilleux, du fantastique, dont l'idée germe si facilement dans le cerveau des enfants.

Nichts war mir lieber, als schauerliche Geschichten von Kobolten, Hexen, Däumlingen usw. zu hören oder zu lesen; aber obenan stand immer der Sandmann, den ich in den seltsamsten, abscheulichsten Gestalten überall auf Tische, Schränke und Wände mit Kreide, Kohle, hinzeichnete.

Als ich zehn Jahre alt geworden, wies mich die Mutter aus der Kinderstube in ein Kämmerchen, das auf dem Korridor unfern von meines Vaters Zimmer lag. Noch immer mußten wir uns, wenn auf den Schlag neun Uhr sich jener Unbekannte im Hause hören ließ, schnell entfernen. In meinem Kämmerchen vernahm ich, wie er bei dem Vater hineintrat und bald darauf war es mir dann, als verbreite sich im Hause ein feiner seltsam riechender Dampf. Immer höher mit der Neugierde wuchs der Mut, auf irgend eine Weise des Sandmanns Bekanntschaft zu machen. Oft schlich ich schnell aus dem Kämmerchen auf den Korridor, wenn die Mutter vorübergegangen, aber nichts konnte ich erlauschen, denn immer war der Sandmann schon zur Türe hinein, wenn ich den Platz erreicht hatte, wo er mir sichtbar werden mußte. Endlich von unwiderstehlichem Drange getrieben, beschloß ich, im Zimmer des Vaters selbst mich zu verbergen und den Sandmann zu erwarten.

An des Vaters Schweigen, an der Mutter Traurigkeit merkte ich eines Abends, daß der Sandmann kommen werde;

Rien ne me plaisait davantage que d'entendre ou de lire des histoires effrayantes d'esprits, de sorcières, de nains, etc. ; mais au-dessus de tout, dominait toujours l'homme au sable, que je dessinais avec de la craie ou du charbon sur les tables, sur les armoires, sur les murs, partout, sous les figures les plus singulières et les plus horribles.

Lorsque j'eus atteint l'âge de dix ans, ma mère me retira de la chambre des enfants, et m'installa dans une petite pièce qui donnait sur un corridor, non loin du cabinet de mon père. Nous étions encore toujours tenus de nous retirer promptement, quand, au coup de neuf heures, l'inconnu se faisait entendre dans la maison. Je reconnaissais de ma petite chambre quand il entrait chez mon père, et bientôt après, il me semblait qu'une vapeur subtile et d'une odeur singulière se répandait dans les appartements. Avec la curiosité, je sentais s'accroître aussi en moi le courage de faire, d'une manière ou d'autre, la connaissance de l'homme au sable. Souvent je me glissai avec vitesse de ma chambre dans le corridor, après que ma mère s'était éloignée, mais sans rien pouvoir découvrir ; car toujours l'homme au sable était entré lorsque j'atteignais la place d'où j'aurais pu le voir au passage. Enfin, cédant à une impulsion irrésistible, je résolus de me cacher dans la chambre même de mon père, et d'y attendre l'arrivée de l'homme au sable.

Un jour, au silence de mon père et à la tristesse de ma mère, je pressentis que l'homme au sable viendrait ;

ich schützte daher große Müdigkeit vor, verließ schon vor neun Uhr das Zimmer und verbarg mich dicht neben der Türe in einen Schlupfwinkel. Die Haustür knarrte, durch den Flur ging es, langsamen, schweren, dröhnenden Schrittes nach der Treppe. Die Mutter eilte mit dem Geschwister mir vorüber. Leise – leise öffnete ich des Vaters Stubentür. Er saß, wie gewöhnlich, stumm und starr den Rücken der Türe zugekehrt, er bemerkte mich nicht, schnell war ich hinein und hinter der Gardine, die einem gleich neben der Türe stehenden offnen Schrank, worin meines Vaters Kleider hingen, vorgezogen war. – Näher – immer näher dröhnten die Tritte – es hustete und scharrte und brummte seltsam draußen. Das Herz bebte mir vor Angst und Erwartung. – Dicht, dicht vor der Türe ein scharfer Tritt – ein heftiger Schlag auf die Klinke, die Tür springt rasselnd auf! – Mit Gewalt mich ermannend gucke ich behutsam hervor. Der Sandmann steht mitten in der Stube vor meinem Vater, der helle Schein der Lichter brennt ihm ins Gesicht! – Der Sandmann, der fürchterliche Sandmann ist der alte Advokat Coppelius, der manchmal bei uns zu Mittage ißt!

Aber die gräßlichste Gestalt hätte mir nicht tieferes Entsetzen erregen können, als eben dieser Coppelius. – Denke Dir einen großen breitschultrigen Mann mit einem unförmlich dicken Kopf, erdgelbem Gesicht, buschigten grauen Augenbrauen, unter denen ein Paar grünliche Katzenaugen stechend hervorfunkeln, großer, starker über die Oberlippe gezogener Nase.

je prétextai donc une grande lassitude pour quitter la chambre un peu avant neuf heures, et je me cachai dans un coin tout près de la porte. Peu après, celle de la maison s'ouvrit en craquant, puis se referma. Un pas lourd, lent et sonore, traversa le vestibule, se dirigeant vers l'escalier. Ma mère passa rapidement avec ma sœur devant moi. — J'ouvris tout doucement la porte du cabinet de mon père. Il était assis comme d'habitude, silencieux et immobile, le dos tourné à la porte, et ne me remarqua pas. Je fus bientôt caché dans une armoire à porte-manteaux qui touchait à la porte, et fermée par un rideau seulement. Le bruit de la pesante démarche approchait de plus en plus. On entendait au dehors tousser, murmurer et traîner les pieds d'une façon étrange. Mon cœur palpitait de crainte et d'attente. — Derrière la porte un pas retentit : la sonnette est ébranlée violemment, la porte brusquement ouverte ! — Je m'enhardis non sans peine, et j'entrouvre le rideau avec précaution. L'homme au sable est devant mon père, au milieu de la chambre, la clarté des flambeaux rayonne sur son visage ; — l'homme au sable, le terrible homme au sable, c'est… le vieil avocat Coppelius, qui dîne quelquefois chez nous !

Mais la figure la plus abominable n'aurait pu me causer une horreur plus profonde que ce même Coppelius. — Figure-toi un grand homme à larges épaules, avec une tête difforme de grosseur, un visage d'un jaune terreux, des sourcils gris très-épais sous lesquels brillent deux yeux de chat, verdâtres et perçants, avec un long nez recourbé sur la lèvre supérieure.

Das schiefe Maul verzieht sich oft zum hämischen Lachen;
dann werden auf den Backen ein paar dunkelrote Flecke
sichtbar und ein seltsam zischender Ton fährt durch die
zusammengekniffenen Zähne. Coppelius erschien immer
in einem altmodisch zugeschnittenen aschgrauen Rocke,
eben solcher Weste und gleichen Beinkleidern, aber dazu
schwarze Strümpfe und Schuhe mit kleinen Steinschnallen.
Die kleine Perücke reichte kaum bis über den Kopfwirbel
heraus, die Kleblocken standen hoch über den großen roten
Ohren und ein breiter verschlossener Haarbeutel starrte von
dem Nacken weg, so daß man die silberne Schnalle sah,
die die gefältelte Halsbinde schloß. Die ganze Figur war
überhaupt widrig und abscheulich; aber vor allem waren uns
Kindern seine großen knotigten, haarigten Fäuste zuwider,
so daß wir, was er damit berührte, nicht mehr mochten. Das
hatte er bemerkt und nun war es seine Freude, irgend ein
Stückchen Kuchen, oder eine süße Frucht, die uns die gute
Mutter heimlich auf den Teller gelegt, unter diesem, oder
jenem Vorwande zu berühren, daß wir, helle Tränen in den
Augen, die Näscherei, der wir uns erfreuen sollten, nicht
mehr genießen mochten vor Ekel und Abscheu. Ebenso
machte er es, wenn uns an Feiertagen der Vater ein klein
Gläschen süßen Weins eingeschenkt hatte. Dann fuhr er
schnell mit der Faust herüber, oder brachte wohl gar das
Glas an die blauen Lippen und lachte recht teuflisch, wenn
wir unsern Ärger nur leise schluchzend äußern durften.
Er pflegte uns nur immer die kleinen Bestien zu nennen;

Sa bouche de travers se contracte souvent d'un rire sardonique, alors apparaissent sur les pommettes de ses joues deux taches d'un rouge foncé, et un sifflement très-extraordinaire se fait passage à travers ses dents serrées. — Coppelius portait constamment un habit gris de cendre coupé à l'antique mode, la veste et la culotte pareilles, mais avec cela des bas noirs et des petites boucles à pierreries sur ses souliers. Sa petite perruque lui couvrait à peine le sommet de la tête, les rouleaux étaient loin d'atteindre à ses grandes oreilles rouges, et une large bourse cousue se détachait de sa nuque, laissant à découvert la boucle d'argent qui assujettissait sa cravate chiffonnée. — Toute sa personne, en un mot, était affreuse et repoussante. Mais ce qui nous déplaisait le plus en lui, à nous autres enfants, c'étaient ses gros poings osseux et velus, au point que nous ne voulions plus de ce qu'il avait touché de ses mains. Il s'en était aperçu, et ce fut alors une jouissance pour lui, quand notre bonne mère nous mettait à la dérobée sur notre assiette un morceau de gâteau ou quelque fruit confit, d'y porter la main sous quelque prétexte, de sorte que, les larmes aux yeux, nous rebutions de dégoût et d'horreur les friandises qui devaient nous combler d'aise. Il en faisait autant, lorsque notre père, aux jours de fête, nous avait versé un petit verre de vin sucré ; il passait vite son poing par-dessus, ou même il portait parfois le verre à ses lèvres bleuâtres, et riait d'un air vraiment diabolique à voir notre répugnance muette et les sanglots étouffés qui manifestaient notre chagrin. En outre, il ne nous appelait jamais autrement que les petites bêtes ;

wir durften, war er zugegen, keinen Laut von uns geben und verwünschten den häßlichen, feindlichen Mann, der uns recht mit Bedacht und Absicht auch die kleinste Freude verdarb. Die Mutter schien ebenso, wie wir, den widerwärtigen Coppelius zu hassen; denn so wie er sich zeigte, war ihr Frohsinn, ihr heiteres unbefangenes Wesen umgewandelt in traurigen, düstern Ernst. Der Vater betrug sich gegen ihn, als sei er ein höheres Wesen, dessen Unarten man dulden und das man auf jede Weise bei guter Laune erhalten müsse. Er durfte nur leise andeuten und Lieblingsgerichte wurden gekocht und seltene Weine kredenzt.

Als ich nun diesen Coppelius sah, ging es grausig und entsetzlich in meiner Seele auf, daß ja niemand anders, als er, der Sandmann sein könne, aber der Sandmann war mir nicht mehr jener Popanz aus dem Ammenmärchen, der dem Eulennest im Halbmonde Kinderaugen zur Atzung holt – nein! – ein häßlicher gespenstischer Unhold, der überall, wo er einschreitet, Jammer – Not – zeitliches, ewiges Verderben bringt.

Ich war fest gezaubert. Auf die Gefahr entdeckt, und, wie ich deutlich dachte, hart gestraft zu werden, blieb ich stehen, den Kopf lauschend durch die Gardine hervorgestreckt. Mein Vater empfing den Coppelius feierlich.

enfin, il nous était interdit de donner, en sa présence, le moindre signe de vie, et nous maudissions le vilain et méchant homme qui se complaisait avec calcul à empoisonner le moindre de nos plaisirs. Notre mère paraissait détester autant que nous le hideux Coppelius ; car, dès qu'il se montrait, sa gaîté, ses manières franches et naïves faisaient place à une gravité triste et sombre. Pour notre père, il se conduisait à son égard comme si c'eût été un être supérieur, dont on dût supporter toutes les impolitesses, et qu'il fallût tâcher, à tout prix, de maintenir en bonne humeur. Aussi l'autre n'avait qu'à faire un léger signe, et ses plats de prédilection étaient aussitôt apprêtés, et les vins les plus précieux lui étaient servis.

À la vue de ce Coppelius donc, il me vint l'affreuse et effrayante pensée que l'homme au sable n'était nul autre que lui ; mais dans l'homme au sable je ne voyais plus cet épouvantail du conte de la nourrice arrachant aux enfants leurs yeux pour la becquée de son nid de hiboux dans la lune, — non, je voyais un méchant esprit de ténèbres qui, partout où il parait, apporte le malheur, la ruine et le désespoir dans cette vie et pour l'éternité !

J'étais complètement ensorcelé. — Dans le danger d'être découvert et, comme je le craignais, sévèrement puni, je me tins immobile, la tête en avant, regardant à travers le rideau. Mon père reçut Coppelius avec cérémonie.

»Auf! – zum Werk«, rief dieser mit heiserer, schnurrender Stimme und warf den Rock ab. Der Vater zog still und finster seinen Schlafrock aus und beide kleideten sich in lange schwarze Kittel. Wo sie die hernahmen, hatte ich übersehen. Der Vater öffnete die Flügeltür eines Wandschranks; aber ich sah, daß das, was ich solange dafür gehalten, kein Wandschrank, sondern vielmehr eine schwarze Höhlung war, in der ein kleiner Herd stand.

Coppelius trat hinzu und eine blaue Flamme knisterte auf dem Herde empor. Allerlei seltsames Geräte stand umher. Ach Gott! – wie sich nun mein alter Vater zum Feuer herabbückte, da sah er ganz anders aus. Ein gräßlicher krampfhafter Schmerz schien seine sanften ehrlichen Züge zum häßlichen widerwärtigen Teufelsbilde verzogen zu haben. Er sah dem Coppelius ähnlich. Dieser schwang die glutrote Zange und holte damit hellblinkende Massen aus dem dicken Qualm, die er dann emsig hämmerte. Mir war es als würden Menschengesichter ringsumher sichtbar, aber ohne Augen – scheußliche, tiefe schwarze Höhlen statt ihrer.

»Augen her, Augen her!« rief Coppelius mit dumpfer dröhnender Stimme.

Ich kreischte auf von wildem Entsetzen gewaltig erfaßt und stürzte aus meinem Versteck heraus auf den Boden. Da ergriff mich Coppelius, »kleine Bestie! – kleine Bestie!« meckerte er zähnfletschend! – riß mich auf und warf mich auf den Herd, daß die Flamme mein Haar zu sengen begann:

« Allons, à l'œuvre ! » s'écria celui-ci d'une voix rauque et ronflante en mettant son habit bas. Mon père, sans rien dire et d'un air soucieux, ôta sa robe de chambre, et tous deux s'affublèrent de longs et noirs sarraus. Je remarquai d'où ils les avaient tirés. Mon père avait ouvert le battant d'une armoire pratiquée dans la muraille ; mais je vis que ce que j'avais pris si longtemps pour un placard était, non pas une armoire, mais plutôt un enfoncement obscur dans lequel on avait pratiqué un petit fourneau.

Coppelius s'approcha, et une flamme bleue s'éleva en pétillant au-dessus du foyer. Toutes sortes d'ustensiles étranges étaient épars çà et là. Ah, Dieu !… lorsque mon vieux père se pencha sur ce fourneau, il avait une toute autre expression de figure. Il semblait qu'une douleur horrible et convulsive contractait ses traits doux et honnêtes en l'image repoussante et hideuse du diable ; il ressemblait à Coppelius ! Ce dernier brandissait des tenailles ardentes et retirait de l'épaisse vapeur des morceaux d'une matière brillante qu'il martelait ensuite assidûment. Je croyais à tout moment distinguer des visages humains, mais dépourvus d'yeux : à leur place d'affreuses cavités, noires, profondes.

« Des yeux ici, des yeux ! » s'écria Coppelius d'une voix sourde et tonnante à la fois.

Saisi d'une indicible horreur, je jetai un cri perçant et je tombai de ma cachette sur le plancher. Soudain Coppelius me saisit : « Petite bête, petite bête ! » s'écria-t-il en grinçant des dents ; il me souleva et m'étendit sur le fourneau de telle façon que la flamme commençait à me brûler les cheveux.

»Nun haben wir Augen – Augen – ein schön Paar Kinderaugen.«

So flüsterte Coppelius, und griff mit den Fäusten glutrote Körner aus der Flamme, die er mir in die Augen streuen wollte. Da hob mein Vater flehend die Hände empor und rief.

»Meister! Meister! laß meinem Nathanael die Augen – laß sie ihm!«

Coppelius lachte gellend auf und rief.

»Mag denn der Junge die Augen behalten und sein Pensum flennen in der Welt; aber nun wollen wir doch den Mechanismus der Hände und der Füße recht observieren.«

Und damit faßte er mich gewaltig, daß die Gelenke knackten, und schrob mir die Hände ab und die Füße und setzte sie bald hier, bald dort wieder ein.

»'s steht doch überall nicht recht! 's gut so wie es war! – Der Alte hat's verstanden!« So zischte und lispelte Coppelius.

Aber alles um mich her wurde schwarz und finster, ein jäher Krampf durchzuckte Nerv und Gebein – ich fühlte nichts mehr. Ein sanfter warmer Hauch glitt über

« À présent nous avons des yeux, des yeux ! une belle paire d'yeux d'enfant ! »

Ainsi grommelait Coppelius, et il retirait avec ses mains du milieu des flammes des charbons ardents qu'il voulait me jeter sur les yeux. Mon père alors éleva ses mains suppliantes et s'écria :

« Maître ! maître ! laisse les yeux de mon Nathanaël, laisse-les lui ! »

Coppelius se mit à rire d'une manière retentissante et s'écria :

« Soit ! que ce marmot garde ses yeux pour pleurer son pensum dans ce bas monde ; mais au moins nous allons à cette heure bien observer le mécanisme des mains et des pieds. »

À ces mots, il me saisit si rudement les membres que mes jointures en craquèrent, et qu'il me déboîta les pieds et les mains en les tournant tantôt d'un côté, tantôt d'un autre.

« Ça n'est cependant pas aussi bien qu'avant. — Le vieux l'a compris ! » disait Coppelius d'une voix sifflante.

Mais tout devint autour de moi vague et obscur : une convulsion subite agitait mes nerfs et jusqu'à mes os ; et puis, je ne sentis plus rien[1]. Une haleine douce et chaude glissa sur

---

1. Il devient évident, par la suite du récit, que tous ces détails, toujours présents à l'esprit frappé de Nathanaël comme autant de réalités, ne sont que les effets très-naturels de son évanouissement et des illusions produites par le délire de la peur. C'est à l'aide d'une interprétation contraire que Walter Scott appesantit sa critique sur ce passage, et qu'il prête gratuitement un rôle odieux au père de Nathanaël, pour démontrer la frénésie

mein Gesicht, ich erwachte wie aus dem Todesschlaf, die
Mutter hatte sich über mich hingebeugt. »Ist der Sandmann
noch da?« stammelte ich. »Nein, mein liebes Kind, der ist
lange, lange fort, der tut dir keinen Schaden!« – So sprach
die Mutter und küßte und herzte den wiedergewonnenen
Liebling.

Was soll ich Dich ermüden, mein herzlieber Lothar! was
soll ich so weitläufig einzelnes hererzählen, da noch so vieles
zu sagen übrig bleibt? Genug! – ich war bei der Lauscherei
entdeckt, und von Coppelius gemißhandelt worden. Angst
und Schrecken hatten mir ein hitziges Fieber zugezogen,
an dem ich mehrere Wochen krank lag. »Ist der Sandmann
noch da?« – Das war mein erstes gesundes Wort und das
Zeichen meiner Genesung, meiner Rettung. – Nur noch den
schrecklichsten Moment meiner Jugendjahre darf ich Dir
erzählen; dann wirst Du überzeugt sein, daß es nicht meiner
Augen Blödigkeit ist, wenn mir nun alles farblos erscheint,
sondern, daß ein dunkles Verhängnis wirklich einen trüben
Wolkenschleier über mein Leben gehängt hat, den ich
vielleicht nur sterbend zerreiße.

Coppelius ließ sich nicht mehr sehen, es hieß, er habe
die Stadt verlassen.

Ein Jahr mochte vergangen sein, als wir der alten
unveränderten Sitte gemäß abends an dem runden
Tische saßen. Der Vater war sehr heiter und erzählte viel
Ergötzliches von den Reisen, die er in seiner Jugend gemacht.

mon visage : je sortis comme d'une léthargie ; ma mère était penchée sur moi. « L'homme au sable est-il encore là ? dis-je en bégayant. — Non, mon cher enfant ! il est parti depuis longtemps, et il ne te fera aucun mal ! » disait ma mère en embrassant et en caressant son bien-aimé rendu à la vie.

Pourquoi te fatiguer, mon bon ami Lothaire ! par un long récit de ces détails, quand il me reste encore tant de choses à te dire ? Bref ! — j'avais été découvert pendant que j'étais aux écoutes et maltraité par Coppelius. La terreur et l'angoisse m'avaient donné une fièvre ardente dont je fus malade durant plusieurs semaines. — « L'homme au sable est-il encore là ? » ce fut mon premier mot raisonnable et le signe de ma guérison et de mon salut. Je n'ai plus qu'à te raconter le plus affreux événement de mon jeune âge, et tu seras alors convaincu que ce n'est pas aveuglement de ma part, si tout aujourd'hui me semble décoloré ; mais qu'une fatalité mystérieuse a réellement étendu sur ma vie un voile de nuages sombres, auquel peut-être il ne me sera permis de me soustraire qu'en mourant !

Coppelius ne se montra plus : on disait qu'il avait quitté la ville.

Il pouvait s'être écoulé un an, lorsqu'un soir, suivant l'ancienne et immuable coutume, nous étions assis en cercle à la table ronde. Mon père était fort gai et nous faisait beaucoup de récits amusants des voyages qu'il avait entrepris dans sa jeunesse.

---

prétendue de l'auteur. Le lecteur jugera si le paragraphe suivant et la lettre de Clara ne devaient pas rendre impossible une pareille méprise.

Da hörten wir, als es neune schlug, plötzlich die Haustür in den Angeln knarren und langsame eisenschwere Schritte dröhnten durch den Hausflur die Treppe herauf.

»Das ist Coppelius«, sagte meine Mutter erblassend.

»Ja! – es ist Coppelius«, wiederholte der Vater mit matter gebrochener Stimme.

Die Tränen stürzten der Mutter aus den Augen.

»Aber Vater, Vater!« rief sie, »muß es denn so sein?«

»Zum letzten Male!« erwiderte dieser, »zum letzten Male kommt er zu mir, ich verspreche es dir. Geh nur, geh mit den Kindern! – Geht – geht zu Bette! Gute Nacht!«

Mir war es, als sei ich in schweren kalten Stein eingepreßt – mein Atem stockte! – Die Mutter ergriff mich beim Arm als ich unbeweglich stehen blieb: »Komm Nathanael, komme nur!«

Ich ließ mich fortführen, ich trat in meine Kammer. »Sei ruhig, sei ruhig, lege dich ins Bette! – schlafe – schlafe«, rief mir die Mutter nach; aber von unbeschreiblicher innerer Angst und Unruhe gequält, konnte ich kein Auge zutun. Der verhaßte abscheuliche Coppelius stand vor mir mit funkelnden Augen und lachte mich hämisch an, vergebens trachtete ich sein Bild los zu werden. Es mochte wohl schon Mitternacht sein, als ein entsetzlicher Schlag geschah, wie wenn ein Geschütz losgefeuert würde. Das ganze Haus erdröhnte, es rasselte und rauschte bei meiner Türe vorüber, die Haustüre wurde klirrend zugeworfen.

Soudain, au coup de neuf heures, nous entendîmes la porte de la maison crier sur ses gonds, et des pas lents et pesants comme du fer retentir dans le vestibule, puis sur l'escalier.

« C'est Coppelius ! dit ma mère en pâlissant.

— Oui…, c'est Coppelius, » reprit mon père d'une voix sourde et cassée.

Les larmes jaillirent des yeux de ma mère :

« Mais, père, s'écria-t-elle, père ! faut-il donc qu'il en soit ainsi ?

— C'est pour la dernière fois, répliqua-t-il, qu'il vient ici, je te le promets. Va, va-t-en avec les enfants ; allez ! allez au lit. Bonne nuit ! »

Il me semblait que j'avais la poitrine oppressée sous des pierres froides et massives ; — ma respiration était suspendue ; — ma mère me saisit par le bras en me voyant demeurer immobile : « Viens, Nathanaël, viens donc ! »

Je me laissai emmener, j'entrai dans la chambre. « Sois tranquille, sois tranquille, mets-toi au lit. — Dors ! — dors ! » me dit ma mère en s'éloignant. Mais, tourmenté d'une frayeur et d'une anxiété indéfinissables, je ne pus fermer l'œil. L'odieux, l'horrible Coppelius était devant moi avec des yeux étincelants et me souriait d'un air moqueur : je m'épuisais en vains efforts pour me délivrer de cette vision… Il pouvait être à peu près minuit, lorsque se fit entendre un bruit terrible pareil à l'explosion d'une arme à feu. Toute la maison en retentit, quelqu'un passa bruyamment devant ma chambre, et puis la porte extérieure se ferma avec fracas.

»Das ist Coppelius!« rief ich entsetzt und sprang aus dem Bette. Da kreischte es auf in schneidendem trostlosen Jammer, fort stürzte ich nach des Vaters Zimmer, die Türe stand offen, erstickender Dampf quoll mir entgegen, das Dienstmädchen schrie: »Ach, der Herr! – der Herr!«

Vor dem dampfenden Herde auf dem Boden lag mein Vater tot mit schwarz verbranntem gräßlich verzerrtem Gesicht, um ihn herum heulten und winselten die Schwestern – die Mutter ohnmächtig daneben! – »Coppelius, verruchter Satan, du hast den Vater erschlagen!« – So schrie ich auf, mir vergingen die Sinne. Als man zwei Tage darauf meinen Vater in den Sarg legte, waren seine Gesichtszüge wieder mild und sanft geworden, wie sie im Leben waren. Tröstend ging es in meiner Seele auf, daß sein Bund mit dem teuflischen Coppelius ihn nicht ins ewige Verderben gestürzt haben könne.

Die Explosion hatte die Nachbarn geweckt, der Vorfall wurde ruchtbar und kam vor die Obrigkeit, welche den Coppelius zur Verantwortung vorfordern wollte. Der war aber spurlos vom Orte verschwunden.

Wenn ich Dir nun sage, mein herzlieber Freund! daß jener Wetterglashändler eben der verruchte Coppelius war, so wirst Du mir es nicht verargen, daß ich die feindliche Erscheinung als schweres Unheil bringend deute. Er war anders gekleidet, aber Coppelius' Figur und Gesichtszüge sind zu tief in mein Innerstes eingeprägt, als daß hier ein Irrtum möglich sein sollte.

« C'est Coppelius ! » m'écriai-je avec horreur, et je sautai hors de mon lit. J'entendis des cris déchirants de désespoir ; je m'élançai dans la chambre de mon père, la porte était ouverte, une fumée étouffante me suffoqua en y entrant ; la fille de service criait : « Ah, mon maître ! mon maître !... »

Devant le foyer fumant, sur le plancher, mon père était étendu mort, la figure noire, brûlée, et les traits horriblement décomposés ; à côté de lui, mes sœurs criaient et se lamentaient, ma mère était évanouie auprès d'elles. « Coppelius ! Satan ! scélérat ! tu as tué mon père ! » m'écriai-je et je perdis l'usage de mes sens. — Quand, le surlendemain, on mit mon père dans le cercueil, l'aspect de son visage était redevenu doux et bon, comme de son vivant. Mon âme conçut la pensée consolante que, peut-être, son commerce avec le réprouvé Coppelius ne l'avait pas précipité dans la damnation éternelle.

La détonation avait réveillé les voisins, l'événement devint public, et l'autorité informée voulut faire citer Coppelius comme responsable du fait ; mais il avait disparu de la ville sans laisser de traces.

Quand tu sauras, mon bon ami Lothaire ! que ce marchand de baromètres était précisément l'infâme Coppelius, tu ne me reprocheras sans doute pas d'interpréter cette fâcheuse rencontre comme le présage de grands malheurs. Il était vêtu différemment, mais l'aspect de ce Coppelius et les moindres traits de son visage sont trop profondément gravés dans mon esprit pour qu'une méprise de ma part soit possible.

Zudem hat Coppelius nicht einmal seinen Namen geändert. Er gibt sich hier, wie ich höre, für einen piemontesischen Mechanikus aus, und nennt sich Giuseppe Coppola.

Ich bin entschlossen es mit ihm aufzunehmen und des Vaters Tod zu rächen, mag es denn nun gehen wie es will.

Der Mutter erzähle nichts von dem Erscheinen des gräßlichen Unholds – Grüße meine liebe holde Clara, ich schreibe ihr in ruhigerer Gemütsstimmung. Lebe wohl etc. etc.

En outre, Coppelius n'a pas même changé son nom ; il se donne ici, à ce que j'ai appris, pour un mécanicien piémontais, et se fait appeler Giuseppe Coppola.

Je suis déterminé à lui tenir tête, et à venger la mort de mon père, qu'il en résulte ce qu'il voudra.

Ne dis rien à ma mère de l'apparition de l'affreux démon. — Salut à ma chère et charmante Clara ; je lui écrirai dans une disposition d'esprit plus calme. — Adieu.

– 2 –

Clara an Nathanael

WAHR IST ES, daß Du recht lange mir nicht geschrieben hast, aber dennoch glaube ich, daß Du mich in Sinn und Gedanken trägst. Denn meiner gedachtest Du wohl recht lebhaft, als Du Deinen letzten Brief an Bruder Lothar absenden wolltest und die Aufschrift, statt an ihn an mich richtetest. Freudig erbrach ich den Brief und wurde den Irrtum erst bei den Worten inne: »Ach mein herzlieber Lothar!« – Nun hätte ich nicht weiter lesen, sondern den Brief dem Bruder geben sollen. Aber, hast Du mir auch sonst manchmal in kindischer Neckerei vorgeworfen, ich hätte solch ruhiges, weiblich besonnenes Gemüt, daß ich wie jene Frau, drohe das Haus den Einsturz, noch vor schneller Flucht ganz geschwinde einen falschen Kniff in der Fenstergardine glattstreichen würde, so darf ich doch wohl kaum versichern, daß Deines Briefes Anfang mich tief erschütterte. Ich konnte kaum atmen, es flimmerte mir vor den Augen. – Ach, mein herzgeliebter Nathanael! was konnte so Entsetzliches in Dein Leben getreten sein!

– 2 –

Clara à Nathanaël

IL EST VRAI que tu ne m'as pas écrit depuis bien longtemps ; mais je crois néanmoins que tu me portes dans ton
cœur et dans ta pensée ; car je devais te préoccuper bien vive-
ment, lorsqu'au moment d'expédier la dernière lettre à mon
frère Lothaire, tu y mis mon adresse au lieu de la sienne.
J'ouvris la lettre avec joie, et je ne m'aperçus de l'erreur qu'à
ces mots : « Ah ! mon bon ami Lothaire ! » — J'aurais dû
alors ne pas continuer à lire et remettre la lettre à mon frère.
Mais à toi qui m'as reproché maintes fois, dans nos taqui-
neries d'enfants, d'avoir une âme tellement tranquille et un
caractère de femme si posé, que, la maison menaçât-elle de
crouler, je redresserais encore comme cette autre, avant de
fuir, un faux pli dans les rideaux des croisées, j'ose à peine
te certifier que le début de ta lettre m'avait profondément
émue ; je pouvais à peine respirer, j'avais des éblouisse-
ments. — Ah ! mon bien-aimé Nathanaël ! que pouvait
être ce qui influait sur ta vie d'une manière si terrible ?

Trennung von Dir, Dich niemals wiedersehen, der Gedanke durchfuhr meine Brust wie ein glühender Dolchstich. – Ich las und las! – Deine Schilderung des widerwärtigen Coppelius ist gräßlich. Erst jetzt vernahm ich, wie Dein guter alter Vater solch entsetzlichen, gewaltsamen Todes starb. Bruder Lothar, dem ich sein Eigentum zustellte, suchte mich zu beruhigen, aber es gelang ihm schlecht. Der fatale Wetterglashändler Giuseppe Coppola verfolgte mich auf Schritt und Tritt und beinahe schäme ich mich, es zu gestehen, daß er selbst meinen gesunden, sonst so ruhigen Schlaf in allerlei wunderlichen Traumgebilden zerstören konnte. Doch bald, schon den andern Tag, hatte sich alles anders in mir gestaltet. Sei mir nur nicht böse, mein Inniggeliebter, wenn Lothar Dir etwa sagen möchte, daß ich trotz Deiner seltsamen Ahnung, Coppelius werde Dir etwas Böses antun, ganz heitern unbefangenen Sinnes bin, wie immer.

Geradeheraus will ich es Dir nur gestehen, daß, wie ich meine, alles Entsetzliche und Schreckliche, wovon Du sprichst, nur in Deinem Innern vorging, die wahre wirkliche Außenwelt aber daran wohl wenig teilhatte. Widerwärtig genug mag der alte Coppelius gewesen sein, aber daß er Kinder haßte, das brachte in Euch Kindern wahren Abscheu gegen ihn hervor.

Natürlich verknüpfte sich nun in Deinem kindischen Gemüt der schreckliche Sandmann aus dem Ammenmärchen mit dem alten Coppelius, der Dir, glaubtest Du auch nicht an den Sandmann, ein gespenstischer, Kindern vorzüglich gefährlicher, Unhold blieb.

Ne plus te revoir, être séparée de toi ! cette idée me déchira le sein comme un coup de poignard. — Je continuai à lire. — Ta description de l'affreux Coppelius est effrayante. J'ignorais jusqu'à ce jour de quelle mort affreuse et violente était mort ton bon vieux père. Frère Lothaire, à qui je remis sa propriété, chercha à me rassurer, mais il n'y réussit guère. Le fatal marchand de baromètres, Giuseppe Coppola, me poursuivit tout un jour, et, j'en suis presque honteuse, mais il faut bien en convenir, mon sommeil même, toujours si franc et si paisible, fut troublé de milles rêves déraisonnables et de visions étranges. Bientôt pourtant, et dès le lendemain, je vis les choses sous un aspect plus naturel. Ne te fâche donc pas, mon bien-aimé, si tu apprenais par Lothaire, qu'en dépit de tes singuliers pressentiments sur la funeste influence de Coppelius, j'ai repris ma gaîté et ma sérénité d'esprit ordinaires.

Je t'avouerai franchement qu'à mon avis tout le surnaturel et l'horrible dont tu fais mention, n'ont de fondement que dans ton imagination, et que la réalité des faits y a bien peu de part. Le vieux Coppelius devait être sans doute repoussant ; mais on conçoit que son aversion pour les enfants vous inspira à votre âge, pour sa personne, un profond sentiment d'horreur.

Alors le terrible homme au sable du conte de la nourrice se confondit dans ton esprit d'enfant avec le vieux Coppelius, et celui-ci resta à tes yeux, quoique tu ne crusses plus à l'homme au sable, un spectre diabolique pernicieux, surtout pour les enfants.

Das unheimliche Treiben mit Deinem Vater zur Nachtzeit war wohl nichts anders, als daß beide insgeheim alchymistische Versuche machten, womit die Mutter nicht zufrieden sein konnte, da gewiß viel Geld unnütz verschleudert und obendrein, wie es immer mit solchen Laboranten der Fall sein soll, des Vaters Gemüt ganz von dem trügerischen Drange nach hoher Weisheit erfüllt, der Familie abwendig gemacht wurde. Der Vater hat wohl gewiß durch eigne Unvorsichtigkeit seinen Tod herbeigeführt, und Coppelius ist nicht schuld daran: Glaubst Du, daß ich den erfahrnen Nachbar Apotheker gestern frug, ob wohl bei chemischen Versuchen eine solche augenblicklich tötende Explosion möglich sei? Der sagte: »Ei allerdings« und beschrieb mir nach seiner Art gar weitläufig und umständlich, wie das zugehen könne, und nannte dabei so viel sonderbar klingende Namen, die ich gar nicht zu behalten vermochte. – Nun wirst Du wohl unwillig werden über Deine Clara, Du wirst sagen:

»In dies kalte Gemüt dringt kein Strahl des Geheimnisvollen, das den Menschen oft mit unsichtbaren Armen umfaßt; sie erschaut nur die bunte Oberfläche der Welt und freut sich, wie das kindische Kind über die goldgleißende Frucht, in deren Innern tödliches Gift verborgen.«

Ses menées nocturnes et mystérieuses avec ton père n'avaient probablement d'autre but que des expériences alchimiques, auxquelles ils se livraient en commun. Ta mère ne pouvait en concevoir que du chagrin, puisque cela devait inévitablement absorber beaucoup d'argent sans profit, et qu'en outre, ainsi qu'il résulte toujours, dit-on, de ce genre de travaux, le cœur de ton père, adonné tout entier à ses idées spéculatives, y sacrifiait ses affections de famille. Il est presque certain que la mort de ton père est l'effet de sa propre imprudence, et que Coppelius n'en est pas responsable. Croirais-tu que j'ai interrogé hier l'apothicaire notre voisin, versé dans ces sortes de choses, pour savoir si les expériences chimiques pouvaient produire une explosion capable de donner ainsi la mort immédiatement ? « Oui, certainement, » m'a-t-il répondu, et il m'a décrit à sa manière, avec force détails et particularités, comment cela pouvait arriver, mêlant à ses explications tant de noms hétéroclites que pas un ne m'est resté dans la mémoire. — Tu prendras en pitié ta pauvre Clara ; je t'entends dire :

« Cette âme de glace n'est accessible à aucune impression de l'élément mystérieux qui souvent entoure l'homme de ses rayons invisibles ; elle ne voit du monde que la brillante superficie, et se réjouit comme l'enfant à l'aspect du fruit dont l'enveloppe dorée couvre et recèle un mortel poison. »

Ach mein herzgeliebter Nathanael! glaubst Du denn nicht, daß auch in heitern – unbefangenen – sorglosen Gemütern die Ahnung wohnen könne von einer dunklen Macht, die feindlich uns in unserm eignen Selbst zu verderben strebt? – Aber verzeih es mir, wenn ich einfältig Mädchen mich unterfange, auf irgend eine Weise Dir anzudeuten, was ich eigentlich von solchem Kampfe im Innern glaube. – Ich finde wohl gar am Ende nicht die rechten Worte und Du lachst mich aus, nicht, weil ich was Dummes meine, sondern weil ich mich so ungeschickt anstelle, es zu sagen.

Gibt es eine dunkle Macht, die so recht feindlich und verräterisch einen Faden in unser Inneres legt, woran sie uns dann festpackt und fortzieht auf einem gefahrvollen verderblichen Wege, den wir sonst nicht betreten haben würden – gibt es eine solche Macht, so muß sie in uns sich, wie wir selbst gestalten, ja unser Selbst werden; denn nur *so* glauben wir an sie und räumen ihr den Platz ein, dessen sie bedarf, um jenes geheime Werk zu vollbringen. Haben wir festen, durch das heitre Leben gestärkten, Sinn genug, um fremdes feindliches Einwirken als solches stets zu erkennen und den Weg, in den uns Neigung und Beruf geschoben, ruhigen Schrittes zu verfolgen, so geht wohl jene unheimliche Macht unter in dem vergeblichen Ringen nach der Gestaltung, die unser eignes Spiegelbild sein sollte. Es ist auch gewiß, fügt Lothar hinzu, daß die dunkle psychische Macht, haben wir uns durch uns selbst ihr hingegeben, oft fremde Gestalten, die die Außenwelt uns in den Weg wirft,

Ah ! mon bien-aimé Nathanaël, crois-tu donc que le pressentiment d'une puissance inconnue, qui cherche à s'emparer de notre propre conscience à notre préjudice, ne puisse se révéler aussi aux âmes sereines, tranquilles et insouciantes ? — Mais pardonne-moi si je m'avise, moi, simple fille, de vouloir me rendre compte de cette espèce de combat intérieur. — Je pourrais bien ne pas trouver toujours les mots convenables, et tu te moqueras, non pas d'une pensée peut-être absurde, mais de ma maladresse à l'exprimer.

Existe-t-il une puissance occulte capable de prendre sur notre âme un ascendant tellement perfide et malfaisant, qu'il nous entraîne dans une voie périlleuse et de désastre, qui, sans cela, nous fût restée inconnue à jamais ? — Si cette puissance existe, il faut alors qu'elle s'assimile à nous-même, qu'elle devienne, pour ainsi dire, notre propre essence ; car ce n'est qu'ainsi que nous pouvons y ajouter foi, et la laisser maîtresse d'accomplir son œuvre mystérieuse. Mais si, doués d'un esprit assez fort et d'une conscience inflexible, nous apprécions constamment le maléfice d'une pareille influence, et si nous poursuivons d'un pas tranquille la route que nous ont tracée notre nature et nos inclinations ; alors cette puissance occulte succombe en de vains efforts pour nous susciter un ennemi sous l'apparence d'un fantôme à notre image. « Il est hors de doute, ajoute Lothaire, que cette puissance occulte matérielle, quand nous avons accepté son joug, fascine souvent notre imagination au sujet de certaines figures étrangères que nous rencontrons par hasard dans le monde extérieur,

in unser Inneres hineinzieht, so, daß wir selbst nur den Geist entzünden, der, wie wir in wunderlicher Täuschung glauben, aus jener Gestalt spricht. Es ist das Phantom unseres eigenen Ichs, dessen innige Verwandtschaft und dessen tiefe Einwirkung auf unser Gemüt uns in die Hölle wirft, oder in den Himmel verzückt. – Du merkst, mein herzlieber Nathanael! daß wir, ich und Bruder Lothar uns recht über die Materie von dunklen Mächten und Gewalten ausgesprochen haben, die mir nun, nachdem ich nicht ohne Mühe das Hauptsächlichste aufgeschrieben, ordentlich tiefsinnig vorkommt. Lothars letzte Worte verstehe ich nicht ganz, ich ahne nur, was er meint, und doch ist es mir, als sei alles sehr wahr.

Ich bitte Dich, schlage Dir den häßlichen Advokaten Coppelius und den Wetterglasmann Giuseppe Coppola ganz aus dem Sinn. Sei überzeugt, daß diese fremden Gestalten nichts über Dich vermögen; nur der Glaube an ihre feindliche Gewalt kann sie Dir in der Tat feindlich machen. Spräche nicht aus jeder Zeile Deines Briefes die tiefste Aufregung Deines Gemüts, schmerzte mich nicht Dein Zustand recht in innerster Seele, wahrhaftig, ich könnte über den Advokaten Sandmann und den Wetterglashändler Coppelius scherzen. Sei heiter – heiter! – Ich habe mir vorgenommen, bei Dir zu erscheinen, wie Dein Schutzgeist, und den häßlichen Coppola, sollte er es sich etwa beikommen lassen, Dir im Traum beschwerlich zu fallen, mit lautem Lachen fortzubannen.

de telle sorte que, par une illusion magique, ces figures nous semblent animées d'un esprit, dont nous sommes nous-mêmes le véritable mobile. Ainsi notre propre image altérée, mais intimement unie au moi réel qu'elle tient sous sa dépendance, tantôt nous plonge au fond des enfers, tantôt nous ravit jusqu'aux cieux. » — Tu vois, mon bien-aimé Nathanaël, que frère Lothaire et moi nous avons approfondi la théorie des puissances et des forces occultes, laquelle, depuis que j'en ai formulé, non sans peine, les points sommaires, me semble extrêmement ardue. Je ne comprends pas bien le dernier raisonnement de Lothaire, je ne fais que soupçonner ce qu'il pose en principe, et cependant il me semble vaguement que tout cela doit être absolument vrai.

Je t'en supplie, chasse tout à fait de ta pensée le vilain avocat Coppelius et le marchand de baromètres Giuseppe Coppola. Sois persuadé que ces individualités étrangères n'ont aucune influence sur toi ; ce n'est que la croyance à leur fatalité qui peut, en effet, leur donner ce caractère à ton préjudice. Si chaque ligne de ta lettre ne portait l'empreinte de l'exaltation excessive de ton esprit, si ta situation ne m'affligeait pas jusqu'au fond de l'âme, en vérité, j'aurais beau jeu à plaisanter sur l'avocat au sable et sur le brocanteur en baromètres Coppelius. Tâche de te distraire ; de la gaîté ! — Je me suis proposé de remplir l'office de ton génie protecteur, et si le vilain Coppola s'avisait de te tourmenter dans tes rêves, je compte le chasser sans répit par un grand éclat de rire ;

Ganz und gar nicht fürchte ich mich vor ihm und vor seinen garstigen Fäusten, er soll mir weder als Advokat eine Näscherei, noch als Sandmann die Augen verderben.

Ewig, mein herzinnigstgeliebter Nathanael etc. etc. etc.

je n'ai pas la moindre frayeur de lui ni de ses poings velus, et l'avocat ne me gâterait pas plus une friandise, que l'homme au sable ne me fait craindre pour mes yeux.

Pour toujours, mon bien-aimé Nathanaël, etc.

– 3 –

Nathanael an Lothar

SEHR UNLIEB IST ES MIR, daß Clara neulich den Brief an
Dich aus, freilich durch meine Zerstreutheit veranlagtem,
Irrtum erbrach und las. Sie hat mir einen sehr tiefsinnigen
philosophischen Brief geschrieben, worin sie ausführlich
beweiset, daß Coppelius und Coppola nur in meinem
Innern existieren und Phantome meines Ichs sind, die
augenblicklich zerstäuben, wenn ich sie als solche erkenne.
In der Tat, man sollte gar nicht glauben, daß der Geist,
der aus solch hellen holdlächelnden Kindesaugen, oft
wie ein lieblicher süßer Traum, hervorleuchtet, so gar
verständig, so magistermäßig distinguieren könne. Sie
beruft sich auf Dich. Ihr habt über mich gesprochen.
Du liesest ihr wohl logische Kollegia, damit sie alles fein
sichten und sondern lerne. – Laß das bleiben! – Übrigens
ist es wohl gewiß, daß der Wetterglashändler Giuseppe
Coppola keinesweges der alte Advokat Coppelius ist. Ich
höre bei dem erst neuerdings angekommenen Professor
der Physik, der, wie jener berühmte Naturforscher,
Spalanzani heißt und italienischer Abkunft ist, Kollegia.

Nathanaël à Lothaire

IL M'EST FORT DÉSAGRÉABLE que Clara ait ouvert et lu ma dernière lettre, par suite d'une erreur dont ma distraction, il est vrai, est la seule cause. Elle m'a écrit une lettre sérieuse et philosophique dans laquelle elle établit longuement que Coppelius et Coppola n'existent point en réalité, et que ce sont des fantômes de mon imagination que je puis voir s'évanouir à mon gré par la simple réflexion. — On ne croirait pas, en effet, que l'esprit qui se reflète dans ces grands yeux de jeune fille, dont le sourire gracieux nous caresse comme l'image d'un rêve doux et charmant, on ne croirait pas, dis-je, que cet esprit puisse argumenter aussi judicieusement et aussi magistralement. Elle suit tes inspirations. Vous avez parlé de moi. Tu lui lis peut-être de gros traités de logique pour lui apprendre à bien peser et à débrouiller toutes choses ? — Laissons cela ! — Au reste, il est positif que le marchand de baromètres, Giuseppe Coppola, n'est nullement le vieux avocat Coppelius. Je suis les leçons du professeur de physique nouvellement arrivé ici, qui se nomme Spallanzani comme le célèbre physicien, et est aussi d'origine italienne.

Der kennt den Coppola schon seit vielen Jahren und
überdem hört man es auch seiner Aussprache an, daß er
wirklich Piemonteser ist. Coppelius war ein Deutscher,
aber wie mich dünkt, kein ehrlicher. Ganz beruhigt bin
ich nicht. Haltet Ihr, Du und Clara, mich immerhin
für einen düstern Träumer, aber nicht los kann ich den
Eindruck werden, den Coppelius' verfluchtes Gesicht auf
mich macht. Ich bin froh, daß er fort ist aus der Stadt, wie
mir Spalanzani sagt. Dieser Professor ist ein wunderlicher
Kauz. Ein kleiner rundlicher Mann, das Gesicht mit
starken Backenknochen, feiner Nase, aufgeworfenen
Lippen, kleinen stechenden Augen. Doch besser, als in jeder
Beschreibung, siehst Du ihn, wenn Du den Cagliostro,
wie er von Chodowiecki in irgend einem Berlinischen
Taschenkalender steht, anschauest. – So sieht Spalanzani
aus. – Neulich steige ich die Treppe herauf und nehme
wahr, daß die sonst einer Glastüre dicht vorgezogene
Gardine zur Seite einen kleinen Spalt läßt. Selbst weiß
ich nicht, wie ich dazu kam, neugierig durchzublicken. Ein
hohes, sehr schlank im reinsten Ebenmaß gewachsenes,
herrlich gekleidetes Frauenzimmer saß im Zimmer vor
einem kleinen Tisch, auf den sie beide Ärme, die Hände
zusammengefaltet, gelegt hatte. Sie saß der Türe gegenüber,
so, daß ich ihr engelschönes Gesicht ganz erblickte. Sie
schien mich nicht zu bemerken, und überhaupt hatten
ihre Augen etwas Starres, beinahe möcht ich sagen, keine
Sehkraft, es war mir so, als schliefe sie mit offnen Augen.

Il connait Coppola depuis plusieurs années déjà, et, d'ailleurs, on reconnait à la prononciation de celui-ci qu'il est vraiment Piémontais. Coppelius était Allemand, seulement je ne dis pas que ce fût un honnête Allemand. Je ne suis pas entièrement tranquillisé. Regardez-moi toujours, toi et Clara, comme un sombre rêveur ; mais je ne puis me délivrer de l'impression qu'a produite sur moi la ressemblance maudite de Coppelius. Je suis content qu'il ait quitté la ville, comme Spallanzani me l'a appris. Ce professeur est un personnage singulier. C'est un petit homme tout rond, les os des joues et de la face très-prononcés, le nez fin, les lèvres déjetées et des petits yeux perçants. Mais tu peux en avoir une idée plus vraie que n'importe par quelle description, en regardant le *Cagliostro* de Chodowiecki dans je ne sais quel almanach de Berlin. C'est l'exact portrait de Spallanzani. — Dernièrement, je montais son escalier, je m'aperçois que le rideau d'une porte vitrée, soigneusement fermé d'ordinaire, laissait passer un petit jour sur le côté. Je ne sais comment j'eus la curiosité d'y appliquer l'œil. Une femme d'une taille élancée, et de la plus admirable conformation, vêtue magnifiquement, était assise dans cette chambre devant une petite table, sur laquelle elle appuyait ses deux bras, les mains croisées. Elle était placée vis-à-vis la porte, et je pus contempler l'angélique beauté de son visage. Mais elle, tournée vers moi, semblait ne pas me voir, ou plutôt ses yeux avaient je ne sais quel regard fixe, comme dénué, pour ainsi dire, d'aucune puissance de vision. Elle me faisait l'effet d'une personne qui dormirait les yeux ouverts.

Mir wurde ganz unheimlich und deshalb schlich ich leise fort ins Auditorium, das daneben gelegen. Nachher erfuhr ich, daß die Gestalt, die ich gesehen, Spalanzanis Tochter, Olimpia war, die er sonderbarer und schlechter Weise einsperrt, so, daß durchaus kein Mensch in ihre Nähe kommen darf. – Am Ende hat es eine Bewandtnis mit ihr, sie ist vielleicht blödsinnig oder sonst.

Weshalb schreibe ich Dir aber das alles? Besser und ausführlicher hätte ich Dir das mündlich erzählen können. Wisse nämlich, daß ich über vierzehn Tage bei Euch bin. Ich muß mein süßes liebes Engelsbild, meine Clara, wiedersehen. Weggehaucht wird dann die Verstimmung sein, die sich (ich muß das gestehen) nach dem fatalen verständigen Briefe meiner bemeistern wollte. Deshalb schreibe ich auch heute nicht an sie.

Tausend Grüße etc. etc. etc.

Seltsamer und wunderlicher kann nichts erfunden werden, als dasjenige ist, was sich mit meinem armen Freunde, dem jungen Studenten Nathanael, zugetragen, und was ich dir, günstiger Leser! zu erzählen unternommen.

Hast du, Geneigtester! wohl jemals etwas erlebt, das deine Brust, Sinn und Gedanken ganz und gar erfüllte, alles andere daraus verdrängend? Es gärte und kochte in dir, zur siedenden Glut entzündet sprang das Blut durch die Adern und färbte höher deine Wangen.

Je me sentis tout troublé, et je me glissai silencieusement dans la salle du cours, voisine de cet endroit. J'ai appris depuis que la femme en question était Olympie, la fille de Spallanzani, qu'il tient renfermée avec une rigueur brutale et extravagante, au point que personne absolument ne peut en approcher. — Après tout, il y a peut-être à cela quelque bon motif : peut-être est-elle imbécile, ou est-ce une autre raison.

Mais à quoi bon t'écrire tant de bavardages ? j'aurais pu te raconter tout cela plus en détail de vive voix. Apprends, en effet, que dans quinze jours je serai près de vous. J'ai besoin de revoir ma douce et chère figure d'ange, ma Clara ! Alors se dissipera la fâcheuse disposition qui, je dois en convenir, voulait s'emparer de moi, après sa lettre étrange et si *positive*. — C'est ce qui m'empêche de lui écrire encore aujourd'hui.

Mille saluts, etc., etc.

On ne peut rien imaginer de plus extraordinaire et de plus surprenant que ce qui est arrivé à mon pauvre ami, le jeune étudiant Nathanaël, et ce dont j'ai entrepris, bienveillant lecteur, de te faire le récit.

As-tu jamais ressenti, lecteur bénévole, une impression qui remplît entièrement ton sein, qui s'emparât de ton esprit et de ta pensée à l'exclusion de tout le reste ? Alors tu palpitais et frémissais intérieurement, ton sang enflammé parcourait tes veines en bouillonnant et colorait plus ardemment tes joues ;

Dein Blick war so seltsam als wolle er Gestalten, keinem andern Auge sichtbar, im leeren Raum erfassen und die Rede zerfloß in dunkle Seufzer. Da frugen dich die Freunde: »Wie ist Ihnen, Verehrter? – Was haben Sie, Teurer?« Und nun wolltest du das innere Gebilde mit allen glühenden Farben und Schatten und Lichtern aussprechen und mühtest dich ab, Worte zu finden, um nur anzufangen. Aber es war dir, als müßtest du nun gleich im ersten Wort alles Wunderbare, Herrliche, Entsetzliche, Lustige, Grauenhafte, das sich zugetragen, recht zusammengreifen, so daß es, wie ein elektrischer Schlag, alle treffe. Doch jedes Wort, alles was Rede vermag, schien dir farblos und frostig und tot. Du suchst und suchst, und stotterst und stammelst, und die nüchternen Fragen der Freunde schlagen, wie eisige Windeshauche, hinein in deine innere Glut, bis sie verlöschen will. Hattest du aber, wie ein kecker Maler, erst mit einigen verwegenen Strichen, den Umriß deines innern Bildes hingeworfen, so trugst du mit leichter Mühe immer glühender und glühender die Farben auf und das lebendige Gewühl mannigfacher Gestalten riß die Freunde fort und sie sahen, wie du, sich selbst mitten im Bilde, das aus deinem Gemüt hervorgegangen!

Mich hat, wie ich es dir, geneigter Leser! gestehen muß, eigentlich niemand nach der Geschichte des jungen Nathanael gefragt; du weißt ja aber wohl, daß ich zu dem wunderlichen Geschlechte der Autoren gehöre, denen, tragen sie etwas so in sich, wie ich es vorhin beschrieben,

de tes yeux jaillissaient des regards étranges comme si tu voulais embrasser dans l'espace des figures invisibles à tout autre, et tes paroles s'échappaient en soupirs inarticulés. — Aux questions de tes amis alarmés : Qu'éprouvez-vous donc, mon estimable ami ? — qu'avez-vous, mon cher ? Si tu voulais répondre, et définir ta sensation intime avec ses vives couleurs, ses ombres et ses clartés ; en t'efforçant de trouver des termes pour t'exprimer, il te semblait que, du premier mot, tu allais évoquer toute la magie splendide, horrifique, épouvantable ou joyeuse qui te possédait, de manière à saisir tout le monde comme par une secousse électrique : et cependant pas une parole, pas une des ressources du langage qui ne te parût décolorée, inerte et impuissante. Tu cherches, tu hésites, tu bégayes, tu balbuties… ; et les propos de tes amis, dans leur sang-froid, tombent comme un souffle glacial sur la flamme qui te consume et finissent par l'éteindre tout à fait. — Mais si tu avais d'abord, à l'instar d'un peintre hardi, fixé en quelques traits grandioses l'ébauche de ton tableau imaginaire, alors il te devenait facile de le colorer graduellement des tons les plus vigoureux ; et les amis, émus à l'aspect de tant de figures variées et vivantes, partageaient avec toi l'illusion et le charme de ce spectacle créé par ton imagination !

À dire vrai, et je dois te l'avouer, lecteur bénévole ! personne ne m'a questionné sur l'histoire du jeune Nathanaël. Mais tu n'ignores pas que j'appartiens à l'espèce singulière des auteurs, qui ne se voient nantis du moindre document semblable à ce que je viens d'exposer,

so zumute wird, als frage jeder, der in ihre Nähe kommt und nebenher auch wohl noch die ganze Welt:

»Was ist es denn? Erzählen Sie Liebster?«

So trieb es mich denn gar gewaltig, von Nathanaels verhängnisvollem Leben zu dir zu sprechen. Das Wunderbare, Seltsame davon erfüllte meine ganze Seele, aber eben deshalb und weil ich dich, o mein Leser! gleich geneigt machen mußte, Wunderliches zu ertragen, welches nichts Geringes ist, quälte ich mich ab, Nathanaels Geschichte, bedeutend – originell, ergreifend, anzufangen: »Es war einmal« – der schönste Anfang jeder Erzählung, zu nüchtern! – »In der kleinen Provinzialstadt S. lebte« – etwas besser, wenigstens ausholend zum Klimax. – Oder gleich medias in res: »»Scher er sich zum Teufel‹, rief, Wut und Entsetzen im wilden Blick, der Student Nathanael, als der Wetterglashändler Giuseppe Coppola« – Das hatte ich in der Tat schon aufgeschrieben, als ich in dem wilden Blick des Studenten Nathanael etwas Possierliches zu verspüren glaubte; die Geschichte ist aber gar nicht spaßhaft. Mir kam keine Rede in den Sinn, die nur im mindesten etwas von dem Farbenglanz des innern Bildes abzuspiegeln schien. Ich beschloß gar nicht anzufangen. Nimm, geneigter Leser! die drei Briefe, welche Freund Lothar mir gütigst mitteilte,

sans s'imaginer que tous ceux qui les approchent, que le monde entier même les sollicite en leur disant :

« Qu'est-ce donc, mon cher ? oh ! racontez-nous cela. »

J'ai donc ressenti une violente démangeaison de t'entretenir de l'histoire extraordinaire de Nathanaël. J'avais l'âme remplie de ce que sa vie présente d'étrange et de fatal. Mais c'est précisément à cause de cela, et, en outre, parce qu'il fallait te préparer, cher lecteur, à écouter du merveilleux, ce qui n'est pas peu de chose, que je me suis tourmenté l'esprit pour trouver à l'histoire de Nathanaël un début remarquable, original, saisissant ! — « Il y avait une fois… : » Le plus beau commencement de tout récit, mais un peu fade. — « Dans la petite ville de province de S.... vivait… : » Pas trop mal, au moins c'est mettre d'abord au fait du lieu de la scène. — Ou bien tout de suite, *medias in res* : « Allez-vous en au diable ! s'écria l'étudiant Nathanaël, la fureur et l'effroi peints dans ses regards farouches, quand le marchand de baromètres Giuseppe Coppola… » Ceci, je l'avais effectivement déjà écrit, lorsque je crus apercevoir dans les regards farouches de l'étudiant Nathanaël quelque chose de burlesque, et l'histoire n'est pourtant nullement plaisante. Bref, il ne me venait à l'esprit aucune tournure de phrase qui me parût réfléchir le moins du monde, l'éclatant coloris du tableau que j'imaginais en moi-même. Je pris le parti de ne pas commencer du tout. — Accepte donc, lecteur bénévole, les trois lettres que mon ami Lothaire a eu la bonté de me communiquer

für den Umriß des Gebildes, in das ich nun erzählend immer
mehr und mehr Farbe hineinzutragen mich bemühen
werde. Vielleicht gelingt es mir, manche Gestalt, wie ein
guter Porträtmaler, so aufzufassen, daß du es ähnlich
findest, ohne das Original zu kennen, ja daß es dir ist,
als hättest du die Person recht oft schon mit leibhaftigen
Augen gesehen. Vielleicht wirst du, o mein Leser! dann
glauben, daß nichts wunderlicher und toller sei, als das
wirkliche Leben und daß dieses der Dichter doch nur, wie
in eines matt geschliffnen Spiegels dunklem Widerschein,
auffassen könne.

Damit klarer werde, was gleich anfangs zu wissen nötig,
ist jenen Briefen noch hinzuzufügen, daß bald darauf, als
Nathanaels Vater gestorben, Clara und Lothar, Kinder
eines weitläuftigen Verwandten, der ebenfalls gestorben
und sie verwaist nachgelassen, von Nathanaels Mutter ins
Haus genommen wurden. Clara und Nathanael faßten eine
heftige Zuneigung zueinander, wogegen kein Mensch auf
Erden etwas einzuwenden hatte; sie waren daher Verlobte,
als Nathanael den Ort verließ um seine Studien in G. –
fortzusetzen. Da ist er nun in seinem letzten Brief und
hört Kollegia bei dem berühmten Professor Physices,
Spalanzani.

Nun könnte ich getrost in der Erzählung fortfahren;
aber in dem Augenblick steht Claras Bild so lebendig
mir vor Augen, daß ich nicht wegschauen kann, so wie
es immer geschah, wenn sie mich holdlächelnd anblickte.

pour l'esquisse dudit tableau, que je m'efforcerai, dans le cours du récit, d'animer de touches de plus en plus vigoureuses. Peut-être réussirai-je, ainsi qu'un bon peintre de portraits, à vivifier si bien quelque figure, que tu la trouves ressemblante sans en connaître l'original, et que tu t'imagines même avoir vu souvent le modèle de tes propres yeux. Peut-être alors, cher lecteur, en viendras-tu à croire que la vie réelle est pleine de merveilleux et de fantastique, et que le poète n'en peut saisir les rapports secrets que comme les reflets obscurs d'une glace dépolie.

Pour compléter les premiers éclaircissements nécessaires à l'intelligence de cette histoire, il faut ajouter aux lettres précédentes que, peu de temps après la mort du père de Nathanaël, Clara et Lothaire, enfants d'un parent éloigné, dont la mort également récente les avait laissés orphelins, furent recueillis par la mère de Nathanaël dans sa propre maison. Clara et Nathanaël éprouvèrent, l'un pour l'autre, un vif penchant auquel personne au monde n'avait rien à objecter. Ils étaient, en conséquence, *promis* ou fiancés, lorsque Nathanaël s'absenta pour continuer ses études à G...., où il est en ce moment, et où il suit les cours du professeur de physique Spallanzani.

Je pourrais donc maintenant continuer tranquillement mon récit ; mais voici l'image de Clara qui surgit devant moi d'une manière si frappante que je ne puis en détourner les yeux, ce qui ne manque pas d'arriver chaque fois qu'elle m'adresse un de ses sourires enchanteurs.

– Für schön konnte Clara keinesweges gelten; das meinten alle, die sich von Amtswegen auf Schönheit verstehen. Doch lobten die Architekten die reinen Verhältnisse ihres Wuchses, die Maler fanden Nacken, Schultern und Brust beinahe zu keusch geformt, verliebten sich dagegen sämtlich in das wunderbare Magdalenenhaar und faselten überhaupt viel von Battonischem Kolorit. Einer von ihnen, ein wirklicher Fantast, verglich aber höchstseltsamer Weise Claras Augen mit einem See von Ruisdael, in dem sich des wolkenlosen Himmels reines Azur, Wald- und Blumenflur, der reichen Landschaft ganzes buntes, heitres Leben spiegelt. Dichter und Meister gingen aber weiter und sprachen:

»Was See – was Spiegel! – Können wir denn das Mädchen anschauen, ohne daß uns aus ihrem Blick wunderbare himmlische Gesänge und Klänge entgegenstrahlen, die in unser Innerstes dringen, daß da alles wach und rege wird? Singen wir selbst dann nichts wahrhaft Gescheutes, so ist überhaupt nicht viel an uns und das lesen wir denn auch deutlich in dem um Claras Lippen schwebenden feinen Lächeln, wenn wir uns unterfangen, ihr etwas vorzuquinkelieren, das so tun will als sei es Gesang, unerachtet nur einzelne Töne verworren durcheinander springen.«

— Clara ne pouvait certainement passer pour belle, tous les experts et connaisseurs en cette matière s'accordaient à le dire. Cependant les architectes vantaient les élégantes proportions de sa taille, les peintres ne savaient reprocher à ses épaules, à son cou et à sa poitrine qu'un excès de chasteté dans les formes ; mais ils s'extasiaient d'une commune voix sur sa magnifique chevelure de Madeleine, et extravaguaient à qui mieux mieux sur le coloris de sa peau digne de Battoni[1]. L'un d'eux, entre autres, un véritable enthousiaste, établit un jour une comparaison bizarre entre les yeux de Clara et un lac de Ruisdael, où se réfléchit le pur azur d'un ciel sans nuages, le bois et la plaine fleurie, tout l'aspect vivant et coloré d'un riant et frais paysage. Les poètes et les compositeurs renchérissaient encore et disaient :

« Quoi, lac ! — quoi, miroir ! pouvons-nous jeter un seul regard sur cette jeune fille, sans être frappés des accents célestes, des mélodies merveilleuses qui rayonnent dans ses yeux et qui nous pénètrent si profondément que tout notre être en est ému et inspiré ? Si nous ne faisons rien de vraiment beau, c'est qu'en général nous ne valons pas grand-chose, et nous en lisons clairement aussi le pronostic dans ce fin sourire qui voltige sur les lèvres de Clara, quand nous avons l'impertinence de lui rabâcher de ces lieux communs qu'on a la prétention d'appeler de la musique ou de la poésie, bien que ce ne soit qu'un vain assemblage de sons vides et confus. »

---

1. Pompée Battoni, peintre célèbre, né à Lucques en 1708, mort à Rome en 1787. Il excellait dans la carnation et la finesse des touches. Sa réputation en Allemagne est sans doute fondée sur son beau tableau de *la Madeleine*, que possède le musée de Dresde. Ses autres ouvrages les plus remarquables sont un *Homère*, une *Vierge*, qui fait partie du musée du Louvre, et *Vénus caressant l'Amour*, popularisée par le burin de Porporati.

Es war dem so. Clara hatte die lebenskräftige Fantasie des heitern unbefangenen, kindischen Kindes, ein tiefes weiblich zartes Gemüt, einen gar hellen scharf sichtenden Verstand. Die Nebler und Schwebler hatten bei ihr böses Spiel; denn ohne zu viel zu reden, was überhaupt in Claras schweigsamer Natur nicht lag, sagte ihnen der helle Blick, und jenes feine ironische Lächeln: Lieben Freunde! wie möget ihr mir denn zumuten, daß ich eure verfließende Schattengebilde für wahre Gestalten ansehen soll, mit Leben und Regung? – Clara wurde deshalb von vielen kalt, gefühllos, prosaisch gescholten; aber andere, die das Leben in klarer Tiefe aufgefaßt, liebten ungemein das gemütvolle, verständige, kindliche Mädchen, doch keiner so sehr, als Nathanael, der sich in Wissenschaft und Kunst kräftig und heiter bewegte. Clara hing an dem Geliebten mit ganzer Seele; die ersten Wolkenschatten zogen durch ihr Leben, als er sich von ihr trennte. Mit welchem Entzücken flog sie in seine Arme, als er nun, wie er im letzten Briefe an Lothar es verheißen, wirklich in seiner Vaterstadt ins Zimmer der Mutter eintrat. Es geschah so wie Nathanael geglaubt; denn in dem Augenblick, als er Clara wiedersah, dachte er weder an den Advokaten Coppelius, noch an Claras verständigen Brief, jede Verstimmung war verschwunden.

C'était la vérité en effet. Clara avait l'imagination vive et féconde d'un enfant joyeux et naïf, une âme de femme sensible et tendre, et une raison pleine de lucidité et de pénétration. Les rêves-creux et les esprits romanesques avaient mauvais jeu auprès d'elle ; car, sans beaucoup de paroles, ce qui eût été en désaccord avec la quiétude naturelle de Clara, son regard clair et son sourire plein d'une finesse ironique semblaient dire : Mes chers amis ! comment pouvez-vous prétendre me faire considérer comme des figures réelles douées de la vie et du mouvement, vos fantômes passagers et vaporeux ?... Cette manière de voir suscita à Clara plus d'une accusation de prosaïsme, de froideur et d'insensibilité, tandis que d'autres, envisageant la vie sous l'image d'une eau non moins limpide que profonde, admiraient ce sens judicieux allié à tant de naïveté, et ressentaient pour la jeune fille l'affection lu plus vive. Mais personne ne l'aimait au même degré que Nathanaël, adonné aux sciences et aux arts avec autant de succès que d'application et de zèle. — Clara avait voué un attachement absolu au bien-aimé de son cœur. Le moment de leur séparation avait seul amené quelques nuages sur leur vie commune. Avec quel ravissement elle vola dans ses bras quand, rendu à sa ville natale conformément aux termes de sa dernière lettre à Lothaire, il parut tout-à-coup dans la chambre de sa mère ! La prévision de Nathanaël se réalisa. Car, à l'instant où il revit Clara, il ne pensa plus ni à l'avocat Coppelius, ni au *positif* de la lettre tant reprochée à Clara ; toute rancune s'était évanouie.

Recht hatte aber Nathanael doch, als er seinem Freunde Lothar schrieb, daß des widerwärtigen Wetterglashändlers Coppola Gestalt recht feindlich in sein Leben getreten sei. Alle fühlten das, da Nathanael gleich in den ersten Tagen in seinem ganzen Wesen durchaus verändert sich zeigte. Er versank in düstre Träumereien, und trieb es bald so seltsam, wie man es niemals von ihm gewohnt gewesen. Alles, das ganze Leben war ihm Traum und Ahnung geworden; immer sprach er davon, wie jeder Mensch, sich frei wähnend, nur dunklen Mächten zum grausamen Spiel diene, vergeblich lehne man sich dagegen auf, demütig müsse man sich dem fügen, was das Schicksal verhängt habe. Er ging so weit, zu behaupten, daß es töricht sei, wenn man glaube, in Kunst und Wissenschaft nach selbsttätiger Willkür zu schaffen; denn die Begeisterung, in der man nur zu schaffen fähig sei, komme nicht aus dem eignen Innern, sondern sei das Einwirken irgend eines außer uns selbst liegenden höheren Prinzips.

Der verständigen Clara war diese mystische Schwärmerei im höchsten Grade zuwider, doch schien es vergebens, sich auf Widerlegung einzulassen. Nur dann, wenn Nathanael bewies, daß Coppelius das böse Prinzip sei, was ihn in dem Augenblick erfaßt habe, als er hinter dem Vorhange lauschte, und daß dieser widerwärtige *Dämon* auf entsetzliche Weise ihr Liebesglück stören werde, da wurde Clara sehr ernst und sprach:

Il avait cependant raison Nathanaël, quand il écrivait à son ami Lothaire que l'apparition et la figure antipathique du marchand de baromètres avaient jeté dans sa vie le trouble le plus funeste. Tous le sentirent, dès les premiers jours, au changement total survenu dans son caractère. Il tombait à chaque instant dans de sombres rêveries, et devint bientôt d'une singularité d'humeur complètement opposée à son naturel. Tout, et la vie elle-même, se transformait pour lui en rêves et en pressentiments ; il répétait sans cesse que l'homme, qui se croyait libre, n'était qu'un jouet soumis aux cruels caprices des puissances occultes, qu'on se révoltait en vain contre elles, qu'il fallait humblement subir les arrêts de la fatalité. Il allait jusqu'à soutenir que c'était une folie que de croire à la force de notre volonté spontanée pour cultiver avec fruit les sciences et les arts ; car, disait-il, l'inspiration sans laquelle on ne réussit à rien, n'a pas son origine en nous, mais est due à l'influence d'un principe étranger qui nous est supérieur.

Cette rêverie mystique déplaisait infiniment à la raisonnable Clara ; mais il lui semblait que ce serait une peine perdue que de s'engager en contradictions avec lui. Cependant lorsque Nathanaël voulut prouver un jour que Coppelius était le mauvais génie qui s'était insinué en lui au moment où il écoutait derrière le rideau, et que ce démon malfaisant troublerait d'affreuse manière le bonheur de leurs amours, cette fois Clara devint très sérieuse et dit :

»Ja Nathanael! du hast recht, Coppelius ist ein böses feindliches Prinzip, er kann Entsetzliches wirken, wie eine teuflische Macht, die sichtbarlich in das Leben trat, aber nur dann, wenn du ihn nicht aus Sinn und Gedanken verbannst. Solange du an ihn glaubst, *ist* er auch und wirkt, nur dein Glaube ist seine Macht.«

Nathanael, ganz erzürnt, daß Clara die Existenz des *Dämons* nur in seinem eignen Innern statuiere, wollte dann hervorrücken mit der ganzen mystischen Lehre von Teufeln und grausen Mächten, Clara brach aber verdrüßlich ab, indem sie irgend etwas Gleichgültiges dazwischen schob, zu Nathanaels nicht geringem Ärger. *Der* dachte, kalten unempfänglichen Gemütern verschließen sich solche tiefe Geheimnisse, ohne sich deutlich bewußt zu sein, daß er Clara eben zu solchen untergeordneten Naturen zähle, weshalb er nicht abließ mit Versuchen, sie in jene Geheimnisse einzuweihen. Am frühen Morgen, wenn Clara das Frühstück bereiten half, stand er bei ihr und las ihr aus allerlei mystischen Büchern vor, daß Clara bat:

»Aber lieber Nathanael, wenn ich *dich* nun das böse Prinzip schelten wollte, das feindlich auf meinen Kaffee wirkt? – Denn, wenn ich, wie du es willst, alles stehen und liegen lassen und dir, indem du liesest, in die Augen schauen soll, so läuft mir der Kaffee ins Feuer und ihr bekommt alle kein Frühstück!«

« Oui, Nathanaël ! tu as raison : Coppelius est un principe nuisible et malfaisant, il peut comme un génie infernal qui disposerait visiblement de notre vie, causer d'horribles résultats, mais seulement dans le cas où tu renoncerais à le bannir de ton esprit et de ta pensée. Tant que tu y crois, il est et il agit ; ta croyance seule fait sa puissance ! »

Irrité que Clara persistât à n'attribuer l'existence de son démon qu'à une prévention d'esprit, Nathanaël se disposait à développer toute la théorie mystérieuse des puissances malignes et diaboliques. Mais Clara l'interrompit avec un chagrin concentré, et sur un prétexte indifférent ; ce qui porta au comble le dépit de Nathanaël. Il pensa que des secrets de cette profondeur étaient impénétrables pour les âmes froides et insensibles, sans s'avouer positivement qu'il rangeait sa Clara au nombre de ces natures inférieures, et, en conséquence, il continua ses tentatives pour l'initier à ces révélations. Le matin de bonne heure, pendant que Clara surveillait les préparatifs du déjeuner, il était près d'elle et lui lisait toutes sortes de livres mystiques, si bien que Clara se prit à lui dire :

« Mais, cher Nathanaël, si je voulais maintenant t'accuser d'être le mauvais principe qui agit hostilement sur mon café ? car si, comme tu l'exiges, je dois ne m'occuper de rien et te regarder en face, toute la durée de ta lecture, le café se répandra dans les cendres, et adieu votre déjeuner ! »

Nathanael klappte das Buch heftig zu und rannte voll Unmut fort in sein Zimmer. Sonst hatte er eine besondere Stärke in anmutigen, lebendigen Erzählungen, die er aufschrieb, und die Clara mit dem innigsten Vergnügen anhörte, jetzt waren seine Dichtungen düster, unverständlich, gestaltlos, so daß, wenn Clara schonend es auch nicht sagte, er doch wohl fühlte, wie wenig sie davon angesprochen wurde. Nichts war für Clara tötender, als das Langweilige; in Blick und Rede sprach sich dann ihre nicht zu besiegende geistige Schläfrigkeit aus. Nathanaels Dichtungen waren in der Tat sehr langweilig. Sein Verdruß über Claras kaltes prosaisches Gemüt stieg höher, Clara konnte ihren Unmut über Nathanaels dunkle, düstere, langweilige Mystik nicht überwinden, und so entfernten beide im Innern sich immer mehr voneinander, ohne es selbst zu bemerken.

Die Gestalt des häßlichen Coppelius war, wie Nathanael selbst es sich gestehen mußte, in seiner Fantasie erbleicht und es kostete ihm oft Mühe, ihn in seinen Dichtungen, wo er als grauser Schicksalspopanz auftrat, recht lebendig zu kolorieren. Es kam ihm endlich ein, jene düstre Ahnung, daß Coppelius sein Liebesglück stören werde, zum Gegenstande eines Gedichts zu machen. Er stellte sich und Clara dar, in treuer Liebe verbunden, aber dann und wann war es, als griffe eine schwarze Faust in ihr Leben und risse irgend eine Freude heraus, die ihnen aufgegangen.

Nathanaël ferma brusquement son livre, et courut plein d'humeur se renfermer dans sa chambre. Il avait possédé autrefois un talent particulier pour composer des narrations spirituelles et gracieuses qu'il mettait par écrit, et que Clara écoutait constamment avec le plus vif plaisir. Mais à cette heure ses essais dans ce genre étaient toujours sombres et inintelligibles, presqu'informes, et il sentait bien, lors même que Clara pour l'épargner s'abstenait de donner son avis, qu'elles étaient loin de l'intéresser. En effet, rien n'agissait plus mortellement sur Clara que l'ennui. Dans son regard et dans sa parole se lisait alors un assoupissement intellectuel invincible. Et les compositions de Nathanaël étaient réellement fort ennuyeuses. Sa mauvaise humeur contre l'âme prosaïque et froide de Clara s'accrut de jour en jour ; Clara de son côté ne pouvait surmonter la sienne contre le mysticisme obscur, sombre et fastidieux de Nathanaël ; leurs cœurs s'éloignaient ainsi l'un de l'autre insensiblement, et sans qu'ils y prissent garde.

Nathanaël était obligé de s'avouer à lui-même que l'image de l'affreux Coppelius avait pâli dans son imagination, et souvent il avait de la peine à la revêtir de couleurs bien vives dans ses essais de poésie, où il faisait jouer à son fantôme le rôle d'un destin pernicieux. Cependant il lui vint à l'esprit de composer un poème sur la sombre intervention que ses pressentiments attribuaient à Coppelius dans ses amours. Il se représenta, lui et Clara, unis d'une tendresse pure et constante. Mais par intervalles, une influence funeste apparaissait pour les priver de quelque bonheur prêt à s'offrir à eux.

Endlich, als sie schon am Traualtar stehen, erscheint der
entsetzliche Coppelius und berührt Claras holde Augen; die
springen in Nathanaels Brust wie blutige Funken sengend
und brennend, Coppelius faßt ihn und wirft ihn in einen
flammenden Feuerkreis, der sich dreht mit der Schnelligkeit
des Sturmes und ihn sausend und brausend fortreißt. Es
ist ein Tosen, als wenn der Orkan grimmig hineinpeitscht
in die schäumenden Meereswellen, die sich wie schwarze,
weißhauptige Riesen emporbäumen in wütendem Kampfe.
Aber durch dies wilde Tosen hört er Claras Stimme: »Kannst
du mich denn nicht erschauen? Coppelius hat dich getäuscht,
das waren ja nicht meine Augen, die so in deiner Brust
brannten, das waren ja glühende Tropfen deines eignen
Herzbluts – ich habe ja meine Augen, sieh mich doch nur
an!« – Nathanael denkt: Das ist Clara, und ich bin ihr eigen
ewiglich. – Da ist es, als faßt der Gedanke gewaltig in den
Feuerkreis hinein, daß er stehen bleibt, und im schwarzen
Abgrund verrauscht dumpf das Getöse. Nathanael blickt in
Claras Augen; aber es ist der Tod, der mit Claras Augen ihn
freundlich anschaut.

Während Nathanael dies dichtete, war er sehr ruhig
und besonnen, er feilte und besserte an jeder Zeile und
da er sich dem metrischen Zwange unterworfen, ruhte
er nicht, bis alles rein und wohlklingend sich fügte. Als er
jedoch nun endlich fertig worden, und das Gedicht für
sich laut las, da faßte ihn Grausen und wildes Entsetzen
und er schrie auf. »Wessen grauenvolle Stimme ist das?«

Enfin, au moment où ils marchent ensemble à l'autel, le terrible Coppelius se montre, et touche de sa main hideuse les yeux charmants de Clara ; aussitôt ils sortent de leur orbite et, comme des charbons rouges et embrasés, tombent sur la poitrine de Nathanaël : Coppelius alors le saisit et l'entraîne dans un cercle de feu qui tourbillonne, siffle, mugit et l'emporte avec la vitesse de l'ouragan ; c'est un fracas pareil à celui des vagues de l'Océan, soulevées par la tempête en fureur et entrechoquant leurs cimes écumeuses comme de noirs géants à la tête chenue. Mais au travers de ce désordre sauvage la voix de Clara se fait entendre — « Me voici ! qui t'empêche donc de me voir ? Coppelius t'a abusé : ce n'étaient pas mes yeux qui brûlaient ainsi ton sein, mais des gouttes ardentes du sang de ton propre cœur ; j'ai mes yeux, regarde-moi donc ! — Nathanaël se dit : Oui, c'est bien Clara et je veux être éternellement à elle. » — Alors, comme subitement arrêté par la force de sa pensée, le cercle enflammé se dissipe et tout le fracas se perd sourdement dans les noirs abîmes. Nathanaël cherche à lire dans les yeux de Clara, mais c'est la mort qui est devant lui et qui le regarde, avec les yeux de Clara, d'un air de tendresse.

Nathanaël s'occupa de cette composition avec beaucoup de calme et de réflexion. Il retouchait et corrigeait chaque passage, et, comme il s'était astreint à une mesure de strophes, il n'eut pas de repos jusqu'à ce que tout fût bien d'accord, châtié et ronflant. Pourtant, lorsqu'il eut achevé sa tâche et qu'il relut tout seul son poème à haute voix, il fut saisi d'épouvante et d'horreur, et il s'écria : « Qui prononce ces affreux accents ! »

Bald schien ihm jedoch das Ganze wieder nur eine sehr gelungene Dichtung, und es war ihm, als müsse Claras kaltes Gemüt dadurch entzündet werden, wiewohl er nicht deutlich dachte, wozu denn Clara entzündet, und wozu es denn nun eigentlich führen solle, sie mit den grauenvollen Bildern zu ängstigen, die ein entsetzliches, ihre Liebe zerstörendes Geschick weissagten.

Sie, Nathanael und Clara, saßen in der Mutter kleinem Garten, Clara war sehr heiter, weil Nathanael sie seit drei Tagen, in denen er an jener Dichtung schrieb, nicht mit seinen Träumen und Ahnungen geplagt hatte. Auch Nathanael sprach lebhaft und froh von lustigen Dingen wie sonst, so, daß Clara sagte: »Nun erst habe ich dich ganz wieder, siehst du es wohl, wie wir den häßlichen Coppelius vertrieben haben?« Da fiel dem Nathanael erst ein, daß er ja die Dichtung in der Tasche trage, die er habe vorlesen wollen. Er zog auch sogleich die Blätter hervor und fing an zu lesen: Clara, etwas Langweiliges wie gewöhnlich vermutend und sich darein ergebend, fing an, ruhig zu stricken. Aber so wie immer schwärzer und schwärzer das düstre Gewölk aufstieg, ließ sie den Strickstrumpf sinken und blickte starr dem Nathanael ins Auge. *Den* riß seine Dichtung unaufhaltsam fort, hochrot färbte seine Wangen die innere Glut, Tränen quollen ihm aus den Augen. – Endlich hatte er geschlossen, er stöhnte in tiefer Ermattung – er faßte Claras Hand und seufzte wie aufgelöst in trostlosem Jammer:

Et puis, bientôt après, il envisagea encore son ouvrage comme un simple travail d'esprit où il avait réussi, et qu'il se persuada être de nature à embraser l'âme froide de Clara. Mais il ne se rendit pas compte bien clairement des résultats de cette impression préméditée, ni de l'utilité de la tourmenter par ces images horribles, présageant la ruine et la destruction à son paisible amour.

Tous deux étaient assis dans le petit jardin de la mère de Nathanaël. Clara était très gaie, parce que depuis trois jours, consacrés par Nathanaël à parfaire son œuvre, il ne l'avait pas poursuivie de ses rêves et de ses prévisions sinistres. Nathanaël lui-même parlait avec vivacité et d'un air content de choses plaisantes, et Clara lui dit : « Ah ! c'est à présent que je te retrouve tout entier. Vois-tu bien comme nous avons chassé loin de nous le vilain Coppelius ? » Ce ne fut qu'alors que Nathanaël se souvint de son poème et de sa résolution de le lire à Clara. Il en rassembla aussitôt les feuillets et commença sa lecture. Clara prévoyant quelque chose d'ennuyeux comme à l'ordinaire, et, se résignant, se mit à tricoter tranquillement. Mais aux images de plus en plus sombres qui s'accumulaient devant elle, elle laissa tomber ses aiguilles et tint ses regards fixés sur les yeux de Nathanaël. Celui-ci était dominé tout entier par sa poésie, le feu qui l'embrasait colorait ses joues d'une vive rougeur, les larmes coulaient de ses yeux. Enfin sa lecture achevée, profondément accablé et gémissant, il saisit la main de Clara, et avec l'impression d'un désespoir inconsolable :

»Ach! – Clara – Clara!«

Clara drückte ihn sanft an ihren Busen und sagte leise, aber sehr langsam und ernst:

»Nathanael – mein herzlieber Nathanael! – wirf das tolle – unsinnige – wahnsinnige Märchen ins Feuer.«

Da sprang Nathanael entrüstet auf und rief, Clara von sich stoßend: »Du lebloses, verdammtes Automat!« Er rannte fort, bittre Tränen vergoß die tief verletzte Clara:

»Ach er hat mich niemals geliebt, denn er versteht mich nicht«, schluchzte sie laut. – Lothar trat in die Laube; Clara mußte ihm erzählen was vorgefallen; er liebte seine Schwester mit ganzer Seele, jedes Wort ihrer Anklage fiel wie ein Funke in sein Inneres, so, daß der Unmut, den er wider den träumerischen Nathanael lange im Herzen getragen, sich entzündete zum wilden Zorn. Er lief zu Nathanael, er warf ihm das unsinnige Betragen gegen die geliebte Schwester in harten Worten vor, die der aufbrausende Nathanael ebenso erwiderte. Ein fantastischer, wahnsinniger Geck wurde mit einem miserablen, gemeinen Alltagsmenschen erwidert. Der Zweikampf war unvermeidlich. Sie beschlossen, sich am folgenden Morgen hinter dem Garten nach dortiger akademischer Sitte mit scharfgeschliffenen Stoßrapieren zu schlagen. Stumm und finster schlichen sie umher, Clara hatte den heftigen Streit gehört und gesehen, daß der Fechtmeister in der Dämmerung die Rapiere brachte.

« Ah ! s'écria-t-il, Clara ! — Clara ! »

Clara le pressa tendrement contre son sein, et dit avec douceur, mais lentement et du ton le plus sérieux :

« Nathanaël ! — mon bien-aimé Nathanaël ! — ce poème insensé…, extravagant…, ridicule, jette-le au feu ! »

À ces mots, Nathanaël se leva furieux et s'écria en repoussant Clara : « Automate inanimé ! automate maudit ! » et il s'enfuit en courant. Clara blessée si profondément répandit des larmes brûlantes.

« Hélas ! disait-elle, il ne m'a jamais aimée, car il ne me comprend pas. » Et elle continuait de sangloter amèrement. Lothaire entra sous le berceau, il fallut que Clara lui racontât ce qui s'était passé. Il aimait sa sœur de toute son âme, et chaque mot de ses plaintes lui entrait dans le cœur comme un coup de poignard ; il sentit alors se changer en une violente colère l'humeur que lui inspiraient depuis longtemps les rêveries de Nathanaël. Il courut le trouver, et lui reprocha sa conduite à l'égard de sa sœur chérie, en termes courroucés, auxquels le bouillant Nathanaël répondit sur le même ton. Traité de fat extravagant et maniaque, l'un rabaissa l'autre comme un pauvre homme du commun de la foule. Le duel était inévitable. Ils convinrent de se battre le matin suivant, derrière les murs du jardin, avec des espadons bien aiguisés suivant l'usage universitaire du pays. Ils rôdaient muets et agités dans la maison. Clara avait entendu leur violente querelle et avait vu sur la brune le maître d'armes apporter les rapières.

Sie ahnte was geschehen sollte. Auf dem Kampfplatz angekommen hatten Lothar und Nathanael soeben düsterschweigend die Röcke abgeworfen, blutdürstige Kampflust im brennenden Auge wollten sie gegeneinander ausfallen, als Clara durch die Gartentür herbeistürzte. Schluchzend rief sie laut: »Ihr wilden entsetzlichen Menschen! – stoßt mich nur gleich nieder, ehe ihr euch anfallt; denn wie soll ich denn länger leben auf der Welt, wenn der Geliebte den Bruder, oder wenn der Bruder den Geliebten ermordet hat!« – Lothar ließ die Waffe sinken und sah schweigend zur Erde nieder, aber in Nathanaels Innern ging in herzzerreißender Wehmut alle Liebe wieder auf, wie er sie jemals in der herrlichen Jugendzeit schönsten Tagen für die holde Clara empfunden. Das Mordgewehr entfiel seiner Hand, er stürzte zu Claras Füßen. »Kannst du mir denn jemals verzeihen, du meine einzige, meine herzgeliebte Clara! – Kannst du mir verzeihen, mein herzlieber Bruder Lothar!« – Lothar wurde gerührt von des Freundes tiefem Schmerz; unter tausend Tränen umarmten sich die drei versöhnten Menschen und schwuren, nicht voneinander zu lassen in steter Liebe und Treue.

Dem Nathanael war es zumute, als sei eine schwere Last, die ihn zu Boden gedrückt, von ihm abgewälzt, ja als habe er, Widerstand leistend der finstern Macht, die ihn befangen, sein ganzes Sein, dem Vernichtung drohte, gerettet. Noch drei selige Tage verlebte er bei den Lieben, dann kehrte er zurück nach G., wo er noch ein Jahr zu bleiben, dann aber auf immer nach seiner Vaterstadt zurückzukehren gedachte.

Elle comprit ce qui allait arriver. Parvenus sur le lieu du combat, Lothaire et Nathanaël également sombres et silencieux avaient mis leurs habits bas, et, les yeux enflammés d'une ardeur sanguinaire, ils étaient près d'en venir aux mains, lorsque Clara se précipita entre eux deux : « Hommes féroces et détestables ! s'écria-t-elle en sanglotant, percez-moi le sein du moins avant ce combat, car y pourrais-je survivre quand l'amant aura tué le frère, ou le frère l'amant ! » — Lothaire laissa tomber son arme et tenait ses regards baissés vers la terre ; mais Nathanaël sentit se réveiller dans son cœur, avec une émotion déchirante, tout son amour pour la charmante Clara, tel qu'aux plus beaux jours de son heureuse jeunesse. Le fer meurtrier s'échappa de sa main, il tomba aux pieds de Clara. « Pourras-tu me pardonner jamais, ma bien-aimée Clara !… Peux-tu me pardonner Lothaire, mon frère bien-aimé ! » — Lothaire fut touché de la profonde douleur de son ami. Tous trois scellèrent leur réconciliation par des embrassements mêlés de larmes, et ils jurèrent de rester désormais unis d'une affection constante et inviolable.

Il semblait à Nathanaël qu'il fût délivré d'un poids bien lourd qui l'avait écrasé jusqu'alors, il lui semblait que sa résistance à l'oppression de la puissance occulte qui l'obsédait avait sauvé tout son être d'une ruine imminente. Il passa encore trois jours pleins de bonheur auprès de ses amis, puis il retourna à G…. où il se proposait de rester encore une année, pour revenir ensuite se fixer à jamais dans sa ville natale.

Der Mutter war alles, was sich auf Coppelius bezog,
verschwiegen worden; denn man wußte, daß sie nicht ohne
Entsetzen an ihn denken konnte, weil sie, wie Nathanael,
ihm den Tod ihres Mannes schuld gab.

Wie erstaunte Nathanael, als er in seine Wohnung
wollte und sah, daß das ganze Haus niedergebrannt war, so
daß aus dem Schutthaufen nur die nackten Feuermauern
hervorragten. Unerachtet das Feuer in dem Laboratorium
des Apothekers, der im untern Stocke wohnte, ausgebrochen
war, das Haus daher von unten herauf gebrannt hatte, so
war es doch den kühnen, rüstigen Freunden gelungen, noch
zu rechter Zeit in Nathanaels im obern Stock gelegenes
Zimmer zu dringen, und Bücher, Manuskripte, Instrumente
zu retten. Alles hatten sie unversehrt in ein anderes Haus
getragen, und dort ein Zimmer in Beschlag genommen,
welches Nathanael nun sogleich bezog.

Nicht sonderlich achtete er darauf, daß er dem Professor
Spalanzani gegenüber wohnte, und ebensowenig schien
es ihm etwas Besonderes, als er bemerkte, daß er aus
seinem Fenster gerade hinein in das Zimmer blickte, wo
oft Olimpia einsam saß, so, daß er ihre Figur deutlich
erkennen konnte, wiewohl die Züge des Gesichts
undeutlich und verworren blieben. Wohl fiel es ihm
endlich auf, daß Olimpia oft stundenlang in derselben
Stellung, wie er sie einst durch die Glastüre entdeckte, ohne
irgend eine Beschäftigung an einem kleinen Tische saß

On avait caché à la mère de Nathanaël tout ce qui avait rapport à Coppelius ; car on savait qu'elle ne pouvait penser à lui sans horreur, parce qu'ainsi que Nathanaël elle le considérait comme l'auteur de la mort de son mari.

Quelle fut la surprise de Nathanaël, quand, de retour à G...., voulant rentrer dans sa demeure, il vit que la maison avait été totalement consumée par les flammes, et que des pans de mur noircis s'élevaient seuls au-dessus des décombres ! Cependant, et quoique l'incendie se fût développé de bas en haut, le feu ayant pris dans le laboratoire d'un apothicaire logé au rez-de-chaussée, les amis de Nathanaël, pleins de zèle et d'audace, avaient réussi à pénétrer dans sa chambre située à l'étage supérieur, assez à temps pour sauver ses papiers, ses livres et ses instruments. Ils avaient réuni ces objets dans une autre chambre qu'ils louèrent au nom de Nathanaël, et que celui-ci alla occuper.

Il se trouva logé, sans y attacher nulle importance, vis-à-vis du professeur Spallanzani, et s'aperçut, avec la même indifférence, que de sa fenêtre il dominait la chambre où Olympie était souvent assise seule, et placée de manière à ce qu'il pût exactement reconnaître sa personne, quoique les traits de son visage parussent indistincts et confus. Il finit pourtant par être frappé de voir Olympie rester fréquemment assise, durant des heures entières, sans la moindre occupation, devant la petite table et dans la même position où il l'avait déjà vue à travers la porte vitrée,

und daß sie offenbar unverwandten Blickes nach ihm
herüberschaute; er mußte sich auch selbst gestehen, daß er nie
einen schöneren Wuchs gesehen; indessen, Clara im Herzen,
blieb ihm die steife, starre Olimpia höchst gleichgültig
und nur zuweilen sah er flüchtig über sein Kompendium
herüber nach der schönen Bildsäule, das war alles.

Eben schrieb er an Clara, als es leise an die Türe
klopfte; sie öffnete sich auf seinen Zuruf und Coppolas
widerwärtiges Gesicht sah hinein. Nathanael fühlte sich im
Innersten erbeben; eingedenk dessen, was ihm Spalanzani
über den Landsmann Coppola gesagt und was er auch
rücksichts des Sandmanns Coppelius der Geliebten so heilig
versprochen, schämte er sich aber selbst seiner kindischen
Gespensterfurcht, nahm sich mit aller Gewalt zusammen
und sprach so sanft und gelassen, als möglich:

»Ich kaufe kein Wetterglas, mein lieber Freund! gehen
Sie nur!«

Da trat aber Coppola vollends in die Stube und sprach
mit heiserem Ton, indem sich das weite Maul zum häßlichen
Lachen verzog und die kleinen Augen unter den grauen
langen Wimpern stechend hervorfunkelten: »Ei, nix
Wetterglas, nix Wetterglas! – hab auch sköne Oke – sköne
Oke!« – Entsetzt rief Nathanael: »Toller Mensch, wie
kannst du Augen haben? – Augen – Augen? –« Aber in dem
Augenblick hatte Coppola seine Wettergläser beiseite gesetzt,

et regardant positivement de son côté d'un œil fixe et stable ;
il s'avoua également que jamais il n'avait vu taille de femme
plus admirable ; mais cependant, le cœur plein de l'image
de Clara, il resta tout-à-fait insensible à l'aspect de la raide
et immobile Olympie. Aussi ce n'était que par hasard qu'il
jetait un regard passager, par-dessus son cahier de travail,
vers la belle statue, et rien de plus.

Il écrivait précisément à Clara lorsqu'on frappa doucement
à sa porte ; elle s'ouvrit sur son invitation, et la figure repoussante de Coppola s'avança dans la chambre. Nathanaël frémit
involontairement ; mais, se rappelant les renseignements de
Spallanzani sur son compatriote Coppola, et, en outre, ses
promesses solennelles à Clara relativement à l'homme au sable
Coppelius, il eut honte de sa crainte puérile et superstitieuse ;
il rassembla ses esprits, et d'une voix aussi douce et aussi tranquille que possible :

« Je n'achète point de baromètres, dit-il, mon cher !
vous pouvez vous retirer. »

Mais alors Coppola entra tout-à-fait dans la chambre, et,
sa grande bouche contractée simulant un affreux sourire, ses
petits yeux perçants étincelant sous ses longs cils gris, il dit
d'une voix rauque : « Oh ! non baromètres, non baromètres !
— avoir aussi de beaux yeux, — *belli occhi* ! » Saisi d'effroi,
Nathanaël s'écria : « Homme aliéné ! comment peux-tu
avoir des yeux ? — des yeux, des yeux ! » — Mais en moins
d'un instant, Coppola s'était débarrassé de ses baromètres,

griff in die weiten Rocktaschen und holte Lorgnetten und Brillen heraus, die er auf den Tisch legte. – »Nu – Nu – Brill – Brill auf der Nas su setze, das sein meine Oke – sköne Oke!« – Und damit holte er immer mehr und mehr Brillen heraus, so, daß es auf dem ganzen Tisch seltsam zu flimmern und zu funkeln begann. Tausend Augen blickten und zuckten krampfhaft und starrten auf zum Nathanael; aber er konnte nicht wegschauen von dem Tisch, und immer mehr Brillen legte Coppola hin, und immer wilder und wilder sprangen flammende Blicke durcheinander und schossen ihre blutrote Strahlen in Nathanaels Brust. Übermannt von tollem Entsetzen schrie er auf.- »Halt ein! halt ein, fürchterlicher Mensch!« – Er hatte Coppola, der eben in die Tasche griff, um noch mehr Brillen herauszubringen, unerachtet schon der ganze Tisch überdeckt war, beim Arm festgepackt. Coppola machte sich mit heiserem widrigen Lachen sanft los und mit den Worten: »Ah! – nix für Sie – aber hier sköne Glas« – hatte er alle Brillen zusammengerafft, eingesteckt und aus der Seitentasche des Rocks eine Menge großer und kleiner Perspektive hervorgeholt.

Sowie die Brillen fort waren, wurde Nathanael ganz ruhig und an Clara denkend sah er wohl ein, daß der entsetzliche Spuk nur aus seinem Innern hervorgegangen, sowie daß Coppola ein höchst ehrlicher Mechanikus und Optikus, keineswegs aber Coppelii verfluchter Doppeltgänger und Revenant sein könne.

il mit les mains dans les larges basques de son habit, et en tira des lunettes et des conserves qu'il posa sur la table. — « Eh bien donc ! eh bien, des *lounettes*, — des *lounettes* pour mettre *sul naso*, voilà mes yeux à moi, — *belli occhi, Signor* ! » Et il sortait lunettes sur lunettes, si bien que toute la table commença à rayonner et à scintiller d'une singulière façon. Nathanaël voyait des milliers d'yeux croiser sur lui leurs regards et s'agiter convulsivement, mais sans pouvoir détourner sa vue de cet aspect ; et Coppola déposait toujours plus de lunettes sur la table, et de nouveaux yeux étincelants lançaient des éclairs de plus en plus redoutables sur Nathanaël, qui sentait leurs rayons d'un rouge de sang pénétrer ardemment dans sa poitrine. Excédé de cette terreur insensée, il s'écria : « Arrête ! arrête, homme enragé ! » — Il saisit en même temps par le bras Coppola, qui portait de nouveau la main à ses poches pour en sortir encore d'autres lunettes, quoique la table en fût déjà toute couverte. Coppola dégagea doucement son bras avec un rire sourd et déplaisant, et dit : « Ah ! — rien pour vous ? — *ma* ici *souperbes* verres ! » — Il avait ramassé et empoché toutes ses lunettes, et il tira de la poche latérale de son habit force lorgnettes de toutes les dimensions.

Dès que les lunettes eurent disparu, Nathanaël redevint tout-à-fait calme, et en pensant à Clara, il vit bien que cette illusion de sorcellerie n'avait de fondement que dans son esprit, et que Coppola ne pouvait être qu'un simple mécanicien, un honnête opticien, et nullement un odieux fantôme ni le ménechme de Coppelius.

Zudem hatten alle Gläser, die Coppola nun auf den Tisch gelegt, gar nichts Besonderes, am wenigsten so etwas Gespenstisches wie die Brillen und, um alles wieder gutzumachen, beschloß Nathanael dem Coppola jetzt wirklich etwas abzukaufen. Er ergriff ein kleines sehr sauber gearbeitetes Taschenperspektiv und sah, um es zu prüfen, durch das Fenster. Noch im Leben war ihm kein Glas vorgekommen, das die Gegenstände so rein, scharf und deutlich dicht vor die Augen rückte. Unwillkürlich sah er hinein in Spalanzanis Zimmer; Olimpia saß, wie gewöhnlich, vor dem kleinen Tisch, die Arme darauf gelegt, die Hände gefaltet. – Nun erschaute Nathanael erst Olimpias wunderschön geformtes Gesicht. Nur die Augen schienen ihm gar seltsam starr und tot. Doch wie er immer schärfer und schärfer durch das Glas hinschaute, war es, als gingen in Olimpias Augen feuchte Mondesstrahlen auf. Es schien, als wenn nun erst die Sehkraft entzündet würde; immer lebendiger und lebendiger flammten die Blicke. Nathanael lag wie festgezaubert im Fenster, immer fort und fort die himmlisch-schöne Olimpia betrachtend. Ein Räuspern und Scharren weckte ihn, wie aus tiefem Traum. Coppola stand hinter ihm:

»Tre Zechini – drei Dukat«

Nathanael hatte den Optikus rein vergessen, rasch zahlte er das Verlangte.

D'ailleurs tous les verres que Coppola venait d'étaler de nouveau sur la table n'offraient rien d'extraordinaire ni aucune fascination diabolique comparable à celle des lunettes. Aussi Nathanaël résolut, par forme de réparation, d'acheter effectivement quelque chose à Coppola. Il prit une petite lorgnette de poche très-artistement travaillée, et alla pour l'essayer à la fenêtre. De sa vie, il n'avait encore rencontré un verre qui rapprochât et peignit aux yeux les objets avec autant de netteté, de précision et de justesse. Il regarda par hasard dans la chambre de Spallanzani : Olympie était assise comme à l'ordinaire devant la petite table, les bras appuyés dessus et les mains croisées. Nathanaël vit alors pour la première fois l'admirable régularité des traits d'Olympie ; ses yeux seulement paraissaient étrangement fixes et inanimés. Mais à force de regarder attentivement à travers la lorgnette, il lui sembla voir comme d'humides rayons lunaires se réfléchir dans les yeux d'Olympie, et la puissance visuelle s'y introduire par degrés, et le feu de ses regards devenir de plus en plus ardent et vivace. Nathanaël était retenu à la fenêtre comme ensorcelé, et ne pouvait se lasser de contempler la céleste beauté d'Olympie. Un bruit de pieds et de crachement le réveilla de sa profonde extase. Coppola était derrière lui :

« *Tre zecchini* : — trois ducats ! » fit-il.

Nathanaël avait complètement oublié l'opticien, il paya promptement le prix demandé.

»Nick so? – sköne Glas – sköne Glas!« frug Coppola mit seiner widerwärtigen heisern Stimme und dem hämischen Lächeln.

»Ja ja, ja!« erwiderte Nathanael verdrießlich. »Adieu, lieber Freund!«

Coppola verließ nicht ohne viele seltsame Seitenblicke auf Nathanael, das Zimmer. Er hörte ihn auf der Treppe laut lachen. »Nun ja«, meinte Nathanael, »er lacht mich aus, weil ich ihm das kleine Perspektiv gewiß viel zu teuer bezahlt habe – zu teuer bezahlt!« – Indem er diese Worte leise sprach, war es, als halle ein tiefer Todesseufzer grauenvoll durch das Zimmer, Nathanaels Atem stockte vor innerer Angst. – Er hatte ja aber selbst so aufgeseufzt, das merkte er wohl. »Clara«, sprach er zu sich selber, »hat wohl recht, daß sie mich für einen abgeschmackten Geisterseher hält; aber närrisch ist es doch – ach wohl mehr, als närrisch, daß mich der dumme Gedanke, ich hätte das Glas dem Coppola zu teuer bezahlt, noch jetzt so sonderbar ängstigt; den Grund davon sehe ich gar nicht ein.« – Jetzt setzte er sich hin, um den Brief an Clara zu enden, aber ein Blick durchs Fenster überzeugte ihn, daß Olimpia noch dasäße und im Augenblick, wie von unwiderstehlicher Gewalt getrieben, sprang er auf, ergriff Coppolas Perspektiv und konnte nicht los von Olimpias verführerischem Anblick, bis ihn Freund und Bruder Siegmund abrief ins Kollegium bei dem Professor Spalanzani.

« N'est-ce pas, *Signor* ? *souperbes* verres, *souperbes* ! »
répéta Coppola de sa voix rauque et désagréable et avec
son sourire caustique.

« Oui, oui, oui ! répliqua avec humeur Nathanaël, adieu,
mon cher ! — adieu. »

Néanmoins Coppola ne quitta pas la chambre sans jeter
maint regard oblique sur Nathanaël, et celui-ci l'entendit rire
tout haut dans l'escalier. « Eh bien, quoi ! pensa Nathanaël,
il rit de moi parce que je lui ai payé certainement sa petite
lorgnette beaucoup trop cher... » Comme il répétait ces
mots à voix basse : « Beaucoup trop cher ! » il crut, plein
de frayeur, entendre résonner dans sa chambre un profond
soupir de moribond ; son émotion intérieure lui coupa la
respiration. — C'était lui-même qui avait soupiré, il ne put en
douter. « Clara a bien raison, dit-il, de me regarder comme un
absurde visionnaire ; — il est pourtant singulier..., oh ! plus
que singulier, d'éprouver encore à présent, à la sotte pensée
que j'ai payé trop cher cette lorgnette à Coppola, une émotion
si étrange, sans pouvoir en pénétrer la cause. » — Il s'assit
enfin pour terminer sa lettre à Clara ; mais un coup-d'œil du
côté de sa fenêtre le convainquit qu'Olympie était encore là ;
aussitôt, poussé par une force irrésistible, il se leva, saisit la
lorgnette de Coppola et demeura enchaîné à la même place,
s'enivrant de la vue d'Olympie, jusqu'à ce que Sigismond, son
camarade et son ami, vint le chercher pour se rendre au cours
du professeur Spallanzani.

Die Gardine vor dem verhängnisvollen Zimmer war dicht zugezogen, er konnte Olimpia ebensowenig hier, als die beiden folgenden Tage hindurch in ihrem Zimmer, entdecken, unerachtet er kaum das Fenster verließ und fortwährend durch Coppolas Perspektiv hinüberschaute. Am dritten Tage wurden sogar die Fenster verhängt. Ganz verzweifelt und getrieben von Sehnsucht und glühendem Verlangen lief er hinaus vors Tor. Olimpias Gestalt schwebte vor ihm her in den Lüften und trat aus dem Gebüsch, und guckte ihn an mit großen strahlenden Augen, aus dem hellen Bach. Claras Bild war ganz aus seinem Innern gewichen, er dachte nichts, als Olimpia und klagte ganz laut und weinerlich:

»Ach du mein hoher herrlicher Liebesstern, bist du mir denn nur aufgegangen, um gleich wieder zu verschwinden, und mich zu lassen in finstrer hoffnungsloser Nacht?«

Als er zurückkehren wollte in seine Wohnung, wurde er in Spalanzanis Hause ein geräuschvolles Treiben gewahr. Die Türen standen offen, man trug allerlei Geräte hinein, die Fenster des ersten Stocks waren ausgehoben, geschäftige Mägde kehrten und stäubten mit großen Haarbesen hin- und herfahrend, inwendig klopften und hämmerten Tischler und Tapezierer. Nathanael blieb in vollem Erstaunen auf der Straße stehen; da trat Siegmund lachend zu ihm und sprach:

»Nun, was sagst du zu unserem alten Spalanzani?«

Le rideau de la chambre fatale était soigneusement tiré. Nathanaël ne put entrevoir Olympie ni de cet endroit, ni même de sa fenêtre, deux jours durant, quoiqu'il s'absentât à peine et qu'il eut continuellement l'œil appliqué à la lorgnette de Coppola. Le troisième jour on mit des rideaux aux croisées. — Absolument désespéré, dévoré d'ardeur et de désirs, Nathanaël s'enfuit hors de la porte de la ville. L'image d'Olympie flottait devant lui dans les airs, elle surgissait du buisson, elle frappait ses yeux dans le miroir du ruisseau et le poursuivait partout de regards étincelants. Le souvenir de Clara était complètement effacé dans son esprit. Il ne pensait à rien qu'à Olympie, il allait se plaignant à haute voix et d'un ton langoureux :

« Ô toi ! ma sublime étoile d'amour ! ne m'as-tu donc apparu que pour t'éclipser aussitôt et me laisser perdu sans espérance dans d'épaisses ténèbres ! »

En rentrant chez lui, il aperçut un grand mouvement dans la maison de Spallanzani. Les portes étaient ouvertes, les fenêtres du premier étage démontées ; on apportait toutes sortes de meubles ; des servantes affairées balayaient et époussetaient partout avec zèle ; on entendait les coups de marteau des menuisiers et des tapissiers. Nathanaël restait dans la rue saisi d'étonnement, quand Sigismond s'approcha de lui en riant et lui dit :

« Eh bien, que dis-tu de notre Spallanzani ? »

Nathanael versicherte, daß er gar nichts sagen könne, da er durchaus nichts vom Professor wisse, vielmehr mit großer Verwunderung wahrnehme, wie in dem stillen düstern Hause ein tolles Treiben und Wirtschaften losgegangen; da erfuhr er denn von Siegmund, daß Spalanzani morgen ein großes Fest geben wolle, Konzert und Ball, und daß die halbe Universität eingeladen sei. Allgemein verbreite man, daß Spalanzani seine Tochter Olimpia, die er so lange jedem menschlichen Auge recht ängstlich entzogen, zum erstenmal erscheinen lassen werde.

Nathanael fand eine Einladungskarte und ging mit hochklopfendem Herzen zur bestimmten Stunde, als schon die Wagen rollten und die Lichter in den geschmückten Sälen schimmerten, zum Professor. Die Gesellschaft war zahlreich und glänzend. Olimpia erschien sehr reich und geschmackvoll gekleidet. Man mußte ihr schöngeformtes Gesicht, ihren Wuchs bewundern. Der etwas seltsam eingebogene Rücken, die wespenartige Dünne des Leibes schien von zu starkem Einschnüren bewirkt zu sein. In Schritt und Stellung hatte sie etwas Abgemessenes und Steifes, das manchem unangenehm auffiel; man schrieb es dem Zwange zu, den ihr die Gesellschaft auflegte. Das Konzert begann. Olimpia spielte den Flügel mit großer Fertigkeit und trug ebenso eine Bravour-Arie mit heller, beinahe schneidender Glasglockenstimme vor.

Nathanaël répondit qu'il ne pouvait rien en dire, ne sachant absolument rien sur le compte du professeur, et qu'il voyait même avec la plus grande surprise l'agitation et le tapage qui se faisaient dans sa maison, si tranquille et si sombre d'habitude. Sigismond lui apprit alors que Spallanzani devait donner le lendemain une grande fête, bal, concert, et que la moitié de l'université y était invitée ; — qu'en outre, le professeur, d'après le bruit général, devait faire paraître pour la première fois sa fille Olympie, qu'il avait si longtemps et si soigneusement soustraite à tous les regards.

Nathanaël trouva chez lui un billet d'invitation. Le cœur palpitant, il se rendit chez le professeur à l'heure indiquée, quand déjà les voitures arrivaient en foule, et pénétra dans les salons richement décorés et resplendissants de lumière. L'assemblée était nombreuse et brillante. Olympie se montra parée avec beaucoup d'éclat et de goût. On fut obligé de rendre hommage à la beauté de ses traits et à la noblesse de sa tournure ; la cambrure un peu singulière de son dos et l'extrême finesse de sa taille paraissaient résulter d'un excès de pression. Dans sa démarche et dans sa pose il y avait une certaine raideur et quelque chose de mesuré qui pouvaient causer une impression désagréable, mais on l'attribua à la contrainte que lui imposait la société. Le concert commença. Olympie toucha du piano avec une habileté remarquable, et exécuta aussi un air de bravoure d'une voix claire et retentissante, ayant presque la sonorité d'une cloche de verre.

Nathanael war ganz entzückt; er stand in der hintersten Reihe und konnte im blendenden Kerzenlicht Olimpias Züge nicht ganz erkennen. Ganz unvermerkt nahm er deshalb Coppolas Glas hervor und schaute hin nach der schönen Olimpia.

Ach! – da wurde er gewahr, wie sie voll Sehnsucht nach ihm herübersah, wie jeder Ton erst deutlich aufging in dem Liebesblick, der zündend sein Inneres durchdrang. Die künstlichen Rouladen schienen dem Nathanael das Himmelsjauchzen des in Liebe verklärten Gemüts, und als nun endlich nach der Kadenz der lange Trillo recht schmetternd durch den Saal gellte, konnte er wie von glühenden Ärmen plötzlich erfaßt sich nicht mehr halten, er mußte vor Schmerz und Entzücken laut aufschreien:

»Olimpia!«

Alle sahen sich um nach ihm, manche lachten. Der Domorganist schnitt aber noch ein finstreres Gesicht, als vorher und sagte bloß:

»Nun nun!«

Das Konzert war zu Ende, der Ball fing an. »Mit ihr zu tanzen! – mit ihr!« das war nun dem Nathanael das Ziel aller Wünsche, alles Strebens; aber wie sich erheben zu dem Mut, sie, die Königin des Festes, aufzufordern? Doch! – er selbst wußte nicht wie es geschah, daß er, als schon der Tanz angefangen, dicht neben Olimpia stand, die noch nicht aufgefordert worden,

Nathanaël était dans le ravissement ; placé au dernier rang des assistants, il ne pouvait pas bien distinguer les traits d'Olympie au milieu de l'éblouissante clarté des bougies. Sans qu'on s'en aperçut, il tira de sa poche la lorgnette de Coppola et la dirigea sur la belle Olympie.

Ah ! — il aperçut alors avec quelle langueur elle le regardait, et comment son tendre regard, qui pénétrait et embrasait tout son être, exprimait à l'avance chaque nuance de son chant : ses roulades compliquées résonnaient à son oreille comme les cris de joie céleste de l'âme exaltée par l'amour ; et, lorsqu'enfin retentit bruyamment dans le salon le *trillo* prolongé de la cadence finale, Nathanaël s'imagina sentir l'étreinte subite de deux bras ardents, et ne se possédant plus, il cria malgré lui, dans un excès de douleur et d'enthousiasme :

« Olympie ! »

Tout le monde se retourna de son côté et plusieurs personnes se mirent à rire. Mais l'organiste de la cathédrale prit un air trois fois plus sombre, et dit seulement :

« Eh bien, eh bien ! »

Le concert était fini, le bal commença. Danser avec elle !... avec elle ! c'était à présent pour Nathanaël le but de tous ses désirs, de toute son ambition... Mais comment avoir tant d'audace que de l'inviter, elle, la reine de la fête ? Cependant, lui-même ne sut pas comment cela arriva ; la danse à peine commencée, il se trouva tout près d'Olympie, qui n'avait pas encore été engagée,

und daß er, kaum vermögend einige Worte zu stammeln, ihre Hand ergriff. Eiskalt war Olimpias Hand, er fühlte sich durchbebt von grausigem Todesfrost, er starrte Olimpia ins Auge, das strahlte ihm voll Liebe und Sehnsucht entgegen und in dem Augenblick war es auch, als fingen an in der kalten Hand Pulse zu schlagen und des Lebensblutes Ströme zu glühen. Und auch in Nathanaels Innerm glühte höher auf die Liebeslust, er umschlang die schöne Olimpia und durchflog mit ihr die Reihen. – Er glaubte sonst recht taktmäßig getanzt zu haben, aber an der ganz eignen rhythmischen Festigkeit, womit Olimpia tanzte und die ihn oft ordentlich aus der Haltung brachte, merkte er bald, wie sehr ihm der Takt gemangelt. Er wollte jedoch mit keinem andern Frauenzimmer mehr tanzen und hätte jeden, der sich Olimpia näherte, um sie aufzufordern, nur gleich ermorden mögen. Doch nur zweimal geschah dies, zu seinem Erstaunen blieb darauf Olimpia bei jedem Tanze sitzen und er ermangelte nicht, immer wieder sie aufzuziehen.

Hätte Nathanael außer der schönen Olimpia noch etwas andres zu sehen vermocht, so wäre allerlei fataler Zank und Streit unvermeidlich gewesen; denn offenbar ging das halbleise, mühsam unterdrückte Gelächter, was sich in diesem und jenem Winkel unter den jungen Leuten erhob, auf die schöne Olimpia, die sie mit ganz kuriosen Blicken verfolgten, man konnte gar nicht wissen, warum?

et il avait déjà saisi sa main avant d'avoir pu balbutier quelques paroles. Plus froide que la glace était la main d'Olympie. Nathanaël sentit un tressaillement mortel parcourir ses membres, et fixa ses yeux sur ceux d'Olympie, qui lui répondirent, radieux, pleins d'amour et de langueur ; et en même temps il lui sembla que son pouls s'agitait sous cette peau froide, et que les artères se gonflaient d'un sang pétillant. D'amoureux transports enflammaient le cœur de Nathanaël, il entoura la taille de la belle Olympie, et tous deux s'élancèrent à travers les couples de valseurs. — Il croyait avoir su danser autrefois avec une parfaite mesure, mais il s'aperçut bientôt, à l'assurance toute particulière et à la précision rythmique avec laquelle dansait Olympie, combien le vrai sentiment de la mesure lui était étranger, et plus d'une fois il perdit contenance, dérouté par son *partner*. Il renonça pourtant à danser avec tout autre femme, et il aurait voulu tuer sur la place le premier qui s'approcha d'Olympie pour l'inviter ; mais cela n'arriva que deux fois à son grand étonnement. Olympie demeura ensuite constamment assise, et lui ne manqua pas de l'inviter encore plusieurs fois.

Si Nathanaël avait été capable de s'occuper d'autre chose que d'Olympie, il se serait trouvé inévitablement engagé dans toutes sortes de différents et de querelles fâcheuses ; car, çà et là, s'échappaient mille rires moqueurs et comprimés qui s'adressaient visiblement à la belle Olympie, et les jeunes gens la poursuivaient de regards tout-à-fait étranges et dont on ne devinait pas la cause.

Durch den Tanz und durch den reichlich genossenen
Wein erhitzt, hatte Nathanael alle ihm sonst eigne Scheu
abgelegt. Er saß neben Olimpia, ihre Hand in der seinigen
und sprach hochentflammt und begeistert von seiner Liebe
in Worten, die keiner verstand, weder er, noch Olimpia.
Doch diese vielleicht; denn sie sah ihm unverrückt ins
Auge und seufzte einmal übers andere: »Ach – Ach – Ach!«
– worauf denn Nathanael also sprach:

»O du herrliche, himmlische Frau! – du Strahl aus dem
verheißenen Jenseits der Liebe – du tiefes Gemüt, in dem
sich mein ganzes Sein spiegelt« und noch mehr dergleichen,
aber Olimpia seufzte bloß immer wieder:

»Ach, Ach!«

Der Professor Spalanzani ging einigemal bei den
Glücklichen vorüber und lächelte sie ganz seltsam zufrieden
an. Dem Nathanael schien es, unerachtet er sich in einer
ganz andern Welt befand, mit einemmal, als würd es
hienieden beim Professor Spalanzani merklich finster;
er schaute um sich und wurde zu seinem nicht geringen
Schreck gewahr, daß eben die zwei letzten Lichter in
dem leeren Saal herniederbrennen und ausgehen wollten.
Längst hatten Musik und Tanz aufgehört.

»Trennung, Trennung«, schrie er ganz wild und
verzweifelt, er küßte Olimpias Hand, er neigte sich zu ihrem
Munde, eiskalte Lippen begegneten seinen glühenden! – So
wie, als er Olimpias kalte Hand berührte, fühlte er sich von
innerem Grausen erfaßt, die Legende von der toten Braut

Toutefois, Nathanaël, échauffé par la danse et par de copieuses libations, avait déposé toute sa timidité habituelle. Il était assis à côté d'Olympie, sa main dans la sienne, et dans son exaltation, il parlait de son ardent amour en termes aussi incompréhensibles pour lui que pour Olympie. Elle pourtant le comprenait peut-être ; car elle le considérait en face et soupirait sans cesse : « Ha ! — ha ! — ha ! » À quoi Nathanaël répliquait plein d'ivresse :

« Ô toi ! femme sublime et céleste ! — pur rayon de la félicité promise dans l'autre monde ! — ô toi ! âme profonde où se réfléchit tout mon être !... » et ainsi de suite ; mais Olympie continuait toujours à soupirer :

« Ha ! — ha !... »

Le professeur Spallanzani passa plusieurs fois devant nos bienheureux en leur adressant un sourire de satisfaction réellement extraordinaire. Soudain Nathanaël, quoique transporté dans un monde absolument étranger, s'aperçut qu'une terrestre obscurité devenait imminente chez le professeur Spallanzani. Il regarda autour de lui et fut saisi de voir que les deux dernières bougies, qui éclairaient encore un peu le salon désert, allaient justement s'éteindre. La musique et la danse avaient cessé depuis longtemps.

« Nous séparer ! nous séparer !... » s'écria-t-il emporté par le désespoir ; et il baisa la main d'Olympie, puis il se pencha vers sa bouche. Ses lèvres brûlantes rencontrèrent des lèvres glacées ! — Le froid contact de la main d'Olympie l'avait pénétré d'une secrète horreur ; la légende de la fiancée morte

ging ihm plötzlich durch den Sinn; aber fest hatte ihn
Olimpia an sich gedrückt, und in dem Kuß schienen die
Lippen zum Leben zu erwarmen. – Der Professor Spalanzani
schritt langsam durch den leeren Saal, seine Schritte
klangen hohl wieder und seine Figur, von flackernden
Schlagschatten umspielt, hatte ein grauliches gespenstisches
Ansehen.

»Liebst du mich – liebst du mich Olimpia? – Nur dies
Wort! – Liebst du mich?«

So flüsterte Nathanael, aber Olimpia seufzte, indem sie
aufstand, nur:

»Ach – Ach!«

»Ja du mein holder, herrlicher Liebesstern«, sprach
Nathanael, »bist mir aufgegangen und wirst leuchten,
wirst verklären mein Inneres immerdar!«

»Ach, ach!« replizierte Olimpia fortschreitend.

Nathanael folgte ihr, sie standen vor dem Professor.

»Sie haben sich außerordentlich lebhaft mit meiner
Tochter unterhalten«, sprach dieser lächelnd: »Nun, nun,
lieber Herr Nathanael, finden Sie Geschmack daran, mit
dem blöden Mädchen zu konvergieren, so sollen mir Ihre
Besuche willkommen sein.«

Einen ganzen hellen strahlenden Himmel in der Brust
schied Nathanael von dannen.

lui passa tout-à-coup devant l'esprit ; mais Olympie l'avait tendrement pressé contre elle, et le feu du baiser sembla rallumer la vie sur ses lèvres. — Le professeur Spallanzani se promenait lentement dans le vaste salon, ses pas rendaient un son creux, et son visage, sur lequel se jouait l'ombre vacillante des flambeaux mourants, avait une apparence sinistre et fantastique.

« M'aimes-tu ? m'aimes-tu, Olympie ? — rien que ce mot, — m'aimes-tu ! »

Ainsi murmurait à demi-voix Nathanaël ; mais Olympie soupira seulement de nouveau en se levant :

« Ha ! — Ha…

— Oui ! s'écria Nathanaël, oh ! ma chère et divine étoile d'amour ! tu t'es levée sur mon ciel, et tu éclaireras ma vie, tu seras ma gloire et ma félicité suprême !…

— Ha ! ha ! » répliqua Olympie en continuant à marcher.

Nathanaël la suivit, ils arrivèrent devant le professeur.

« Vous vous êtes entretenu avec ma fille d'une manière extraordinairement vive, dit celui-ci en souriant : eh bien, mon cher monsieur Nathanaël, si vous trouvez du goût à converser avec cette jeune fille naïve, vos visites seront bienvenues. »

Nathanaël partit ivre de joie et le cœur épanoui.

Spalanzanis Fest war der Gegenstand des Gesprächs in den folgenden Tagen. Unerachtet der Professor alles getan hatte, recht splendid zu erscheinen, so wußten doch die lustigen Köpfe von allerlei Unschicklichem und Sonderbarem zu erzählen, das sich begeben, und vorzüglich fiel man über die todstarre, stumme Olimpia her, der man, ihres schönen Äußern unerachtet, totalen Stumpfsinn andichten und darin die Ursache finden wollte, warum Spalanzani sie so lange verborgen gehalten. Nathanael vernahm das nicht ohne innern Grimm, indessen schwieg er; denn, dachte er, würde es wohl verlohnen, diesen Burschen zu beweisen, daß eben ihr eigner Stumpfsinn es ist, der sie Olimpias tiefes herrliches Gemüt zu erkennen hindert?

»Tu mir den Gefallen, Bruder«, sprach eines Tages Siegmund, »tu mir den Gefallen und sage, wie es dir gescheuten Kerl möglich war, dich in das Wachsgesicht, in die Holzpuppe da drüben zu vergaffen?«

Nathanael wollte zornig auffahren, doch schnell besann er sich und erwiderte:

»Sage *du* mir Siegmund, wie deinem, sonst alles Schöne klar auffassenden Blick, deinem regen Sinn, Olimpias himmlischer Liebreiz entgehen konnte? Doch eben deshalb habe ich, Dank sei es dem Geschick, dich nicht zum Nebenbuhler; denn sonst müßte einer von uns blutend fallen. «

La fête de Spallanzani fut le sujet des entretiens des jours suivants. Quoique le professeur n'eût rien épargné pour faire prouve de magnificence, néanmoins les plaisants trouvèrent à raconter mainte bizarrerie et mainte maladresse qui avaient été commises. Mais on glosait surtout sur la muette et raide Olympie, qu'on taxait, malgré son extérieur séduisant, d'une stupidité absolue, et l'on expliquait par là pourquoi Spallanzani l'avait tenue si longtemps cachée. Ce ne fut pas sans une secrète fureur que Nathanaël recueillit ces propos ; il se tut néanmoins, car, pensa-t-il, à quoi servirait de prouver à ces gens-là que c'est précisément leur propre stupidité qui les empêche de reconnaître l'âme profonde et sublime d'Olympie ? — Un jour Sigismond lui dit :

« Frère[1], dis-moi, je te prie, comment toi, un garçon raisonnable, tu as pu t'amouracher de cette poupée de bois là-bas ? d'une figure de cire ! »

Nathanaël allait répliquer avec emportement, mais il se ravisa soudain et repartit :

« Dis-moi, Sigismond, toi, qui savais autrefois si bien discerner et comprendre le beau, comment les attraits divins d'Olympie ont pu échapper à ta pénétration ? Du reste, j'en rends grâce au destin, car autrement tu aurais été mon rival, et, dans ce cas, il faudrait que l'un de nous deux mordit la poussière ! »

---

1. *Frère*, expression consacrée entre les étudiants des universités allemandes.

Siegmund merkte wohl, wie es mit dem Freunde stand, lenkte geschickt ein, und fügte, nachdem er geäußert, daß in der Liebe niemals über den Gegenstand zu richten sei, hinzu:

»Wunderlich ist es doch, daß viele von uns über Olimpia ziemlich gleich urteilen. Sie ist uns – nimm es nicht übel, Bruder! – auf seltsame Weise starr und seelenlos erschienen. Ihr Wuchs ist regelmäßig, so wie ihr Gesicht, das ist wahr! – Sie könnte für schön gelten, wenn ihr Blick nicht so ganz ohne Lebensstrahl, ich möchte sagen, ohne Sehkraft wäre. Ihr Schritt ist sonderbar abgemessen, jede Bewegung scheint durch den Gang eines aufgezogenen Räderwerks bedingt. Ihr Spiel, ihr Singen hat den unangenehm richtigen geistlosen Takt der singenden Maschine und ebenso ist ihr Tanz. Uns ist diese Olimpia ganz unheimlich geworden, wir mochten nichts mit ihr zu schaffen haben, es war uns als tue sie nur so wie ein lebendiges Wesen und doch habe es mit ihr eine eigne Bewandtnis.«

Nathanael gab sich dem bittern Gefühl, das ihn bei diesen Worten Siegmunds ergreifen wollte, durchaus nicht hin, er wurde Herr seines Unmuts und sagte bloß sehr ernst:

»Wohl mag euch, ihr kalten prosaischen Menschen, Olimpia unheimlich sein. Nur dem poetischen Gemüt entfaltet sich das gleich organisierte! – Nur *mir* ging ihr Liebesblick auf und durchstrahlte Sinn und Gedanken, nur in Olimpias Liebe finde ich mein Selbst wieder.

Sigismond vit bien ce qu'il en était de son ami. Après un détour adroit, il ajouta, tout en déclarant qu'en amour il ne fallait jamais discuter sur l'objet :

« Il est cependant remarquable que beaucoup d'entre nous portent un jugement à peu près semblable sur Olympie. Elle nous a paru (frère, ne prends pas cela en mauvaise part,) étrangement raide et inanimée. Sa taille est régulière, ainsi que ses traits, il est vrai. Bref, elle pourrait passer pour belle, mais son regard est par trop dénué de la lumière vitale, je dirais presque de la faculté visuelle. Son pas aussi est singulièrement mesuré, chaque mouvement semble répondre à l'impulsion d'un rouage monté. Son chant et son jeu musical ont la précision convenue, l'exactitude monotone et matérielle d'une machine organisée ; il en est de même de sa danse. Enfin cette Olympie nous a causé une impression fantasmatique, et personne de nous ne voudrait avoir rien de commun avec elle, car il y a en elle, sous l'apparence d'un être vivant, je ne sais quel phénomène surnaturel et bizarre. »

Nathanaël réprima le sentiment d'amertume que ces paroles de Sigismond faisaient naître en lui, il maîtrisa son irritation et se contenta de dire très sérieusement :

« Il se peut bien qu'Olympie vous inspire de l'antipathie, à vous autres hommes froids et prosaïques. Ce n'est qu'à l'âme poétique que se révèle l'âme poétiquement organisée. — Ce n'est que pour moi qu'a lui ce regard d'amour dont les rayons ont embrasé mon cœur et mon esprit, et ce n'est aussi que dans l'amour d'Olympie que je revis tout entier.

Euch mag es nicht recht sein, daß sie nicht in platter
Konversation faselt, wie die andern flachen Gemüter. Sie
spricht wenig Worte, das ist wahr; aber diese wenigen Worte
erscheinen als echte Hieroglyphe der innern Welt voll
Liebe und hoher Erkenntnis des geistigen Lebens in der
Anschauung des ewigen Jenseits. Doch für alles das habt ihr
keinen Sinn und alles sind verlorne Worte.«

»Behüte dich Gott, Herr Bruder«, sagte Siegmund sehr
sanft, beinahe wehmütig, »aber mir scheint es, du seist auf
bösem Wege. Auf mich kannst du rechnen, wenn alles – Nein,
ich mag nichts weiter sagen!«

Dem Nathanael war es plötzlich, als meine der kalte
prosaische Siegmund es sehr treu mit ihm, er schüttelte
daher die ihm dargebotene Hand recht herzlich.

Nathanael hatte rein vergessen, daß es eine Clara in
der Welt gebe, die er sonst geliebt; – die Mutter – Lothar
– alle waren aus seinem Gedächtnis entschwunden, er
lebte nur für Olimpia, bei der er täglich stundenlang
saß und von seiner Liebe, von zum Leben erglühter
Sympathie, von psychischer Wahlverwandtschaft
fantasierte, welches alles Olimpia mit großer Andacht
anhörte. Aus dem tiefsten Grunde des Schreibpults
holte Nathanael alles hervor, was er jemals geschrieben.
Gedichte, Fantasien, Visionen, Romane, Erzählungen,

Il doit aussi vous déplaire qu'elle ne possède pas, comme tant d'autres esprits plats, le radotage banal de vos plates conversations. Elle dit peu de mots, il est vrai ; mais ce peu de mots, tels que de vrais hiéroglyphes du langage intime de l'âme, déborde d'amour, et de l'intelligence suprême d'une vie spirituelle et contemplative des mystères de l'éternité. — Mais tout cela est hors de la portée de vos sens, et ce sont des paroles perdues…

— Dieu te garde ! très-cher frère, dit Sigismond avec douceur et presqu'avec tristesse, mais j'ai peur que tu ne sois dans une mauvaise route. Tu peux toujours compter sur moi, dans le cas… Non, je ne veux rien dire de plus. »

Nathanaël, par une inspiration subite, crut découvrir pourtant dans les paroles du froid et prosaïque Sigismond de bonnes et amicales intentions, et il secoua bien cordialement la main que lui offrit son camarade.

Nathanaël avait complètement oublié qu'il y eût au monde une Clara qu'il avait aimée autrefois ; sa mère, Lothaire, tout avait disparu de son souvenir. Il ne vivait plus que pour Olympie : chaque jour il passait de longues heures auprès d'elle, déraisonnant sur son amour, sur le principe vivifiant de la sympathie, sur les affinités psychologiques électives, etc., toutes choses auxquelles Olympie prêtait la plus fervente attention. Nathanaël extrayait du fin fond de tous ses tiroirs tout ce qu'il avait écrit ou composé autrefois, poèmes, fantaisies, nouvelles, rêveries, romans ;

das wurde täglich vermehrt mit allerlei ins Blaue fliegenden Sonetten, Stanzen, Kanzonen, und das alles las er der Olimpia stundenlang hintereinander vor, ohne zu ermüden. Aber auch noch nie hatte er eine solche herrliche Zuhörerin gehabt. Sie stickte und strickte nicht, sie sah nicht durchs Fenster, sie fütterte keinen Vogel, sie spielte mit keinem Schoßhündchen, mit keiner Lieblingskatze, sie drehte keine Papierschnitzchen, oder sonst etwas in der Hand, sie durfte kein Gähnen durch einen leisen erzwungenen Husten bezwingen – kurz! – stundenlang sah sie mit starrem Blick unverwandt dem Geliebten ins Auge, ohne sich zu rücken und zu bewegen und immer glühender, immer lebendiger wurde dieser Blick. Nur wenn Nathanael endlich aufstand und ihr die Hand, auch wohl den Mund küßte, sagte sie: »Ach, Ach!« – dann aber: »Gute Nacht, mein Lieber!«

»O du herrliches, du tiefes Gemüt«, rief Nathanael auf seiner Stube: »nur von dir, von dir allein werd ich ganz verstanden.«

Er erbebte vor innerm Entzücken, wenn er bedachte, welch wunderbarer Zusammenklang sich in seinem und Olimpias Gemüt täglich mehr offenbare; denn es schien ihm, als habe Olimpia über seine Werke, über seine Dichtergabe überhaupt recht tief aus seinem Innern gesprochen, ja als habe die Stimme aus seinem Innern selbst herausgetönt. Das mußte denn wohl auch sein; denn mehr Worte als vorhin erwähnt, sprach Olimpia niemals.

et chaque jour, il y ajoutait une multitude de sonnets, de stances, de ballades fantastiques qu'il lisait et relisait à Olympie durant des matinées entières, sans se lasser et sans discontinuer. Mais aussi c'est qu'il n'avait jamais eu un auditeur aussi excellent. — Olympie ne brodait ni ne tricotait, elle ne regardait pas à la fenêtre, elle ne donnait pas à manger à un petit oiseau, elle ne jouait pas avec un petit bichon, elle ne roulait pas dans ses doigts de petites bandes de papier, ni rien autre chose, elle n'avait jamais besoin de comprimer un bâillement par une petite toux forcée. — Bref, elle regardait son amant dans les yeux, durant des heures d'horloge, dans une attitude fixe et immuable, sans bouger, sans souffler, et son regard s'animait toujours de plus de vivacité et d'ardeur. Seulement, lorsqu'enfin Nathanaël se levait et lui baisait la main ou même la bouche, elle disait : « Ha ! — ha ! » et puis après : « Bonne nuit, mon cher ! »

« Oh ! âme sublime et profonde ! s'écriait Nathanaël seul dans sa chambre, ce n'est que par toi, par toi seule que j'ai été compris. »

Il tressaillait d'un ravissement intérieur en songeant à l'accord merveilleux qui se manifestait de jour en jour davantage entre son cœur et celui d'Olympie ; car il lui semblait qu'Olympie eût exprimé sur ses œuvres, sur sa faculté poétique, ses pensées intimes, et cela par l'organe de sa propre parole à lui, Nathanaël. Il ne pouvait guère, en effet, en être autrement ; car Olympie ne prononçait jamais un mot de plus que ce que nous avons rapporté.

Erinnerte sich aber auch Nathanael in hellen nüchternen Augenblicken, z. B. morgens gleich nach dem Erwachen, wirklich an Olimpias gänzliche Passivität und Wortkargheit, so sprach er doch:

»Was sind Worte – Worte! – Der Blick ihres himmlischen Auges sagt mehr als jede Sprache hienieden. Vermag denn überhaupt ein Kind des Himmels sich einzuschichten in den engen Kreis, den ein klägliches irdisches Bedürfnis gezogen?«

Professor Spalanzani schien hocherfreut über das Verhältnis seiner Tochter mit Nathanael; er gab diesem allerlei unzweideutige Zeichen seines Wohlwollens und als es Nathanael endlich wagte von ferne auf eine Verbindung mit Olimpia anzuspielen, lächelte dieser mit dem ganzen Gesicht und meinte: er werde seiner Tochter völlig freie Wahl lassen. – Ermutigt durch diese Worte, brennendes Verlangen im Herzen, beschloß Nathanael, gleich am folgenden Tage Olimpia anzusehen, daß sie das unumwunden in deutlichen Worten ausspreche, was längst ihr holder Liebesblick ihm gesagt, daß sie sein eigen immerdar sein wolle. Er suchte nach dem Ringe, den ihm beim Abschiede die Mutter geschenkt, um ihn Olimpia als Symbol seiner Hingebung, seines mit ihr aufkeimenden, blühenden Lebens darzureichen. Claras, Lothars Briefe fielen ihm dabei in die Hände; gleichgültig warf er sie beiseite, fand den Ring, steckte ihn ein und rannte herüber zu Olimpia.

Alors même que Nathanaël, dans certains moments lucides
et de sang-froid, le matin par exemple à son premier réveil,
se rappelait la passivité absolue et le prodigieux laconisme
d'Olympie :

« Qu'est-ce que des mots ? disait-il, — des mots ! un de
ses coups-d'œil célestes en dit plus que toutes les langues
d'ici-bas ! d'ailleurs, un enfant des cieux peut-il se résigner
au cercle étroit limité par notre impuissance terrestre et
pitoyable ! »

Le professeur Spallanzani semblait enchanté des relations
de sa fille avec Nathanaël ; il comblait celui-ci des témoignages
positifs de sa bienveillance, et lorsqu'enfin Nathanaël se
hasarda, non sans de grandes réticences, à faire allusion à
un mariage avec Olympie, le professeur, souriant d'un air
radieux, répliqua qu'il laisserait sa fille entièrement libre de
son choix. — Encouragé par ses paroles, et le cœur bouillant
de désir, Nathanaël résolut de solliciter d'Olympie, dès le
jour suivant, une déclaration franche et précise de ce que
depuis longtemps lui avaient révélé ses délicieux regards de
tendresse, à savoir qu'elle consentait à se donner à lui pour
toujours. Il chercha la bague qu'il avait reçue de sa mère en
la quittant, pour l'offrir à Olympie comme symbole de son
dévouement, de son initiation à une vie nouvelle qu'elle
devait charmer et embellir. Les lettres de Lothaire et de Clara
lui tombèrent à cette occasion sous la main, il les jeta de côté
avec indifférence ; il trouva la bague, la mit dans sa poche et
courut chez le professeur pour voir Olympie.

Schon auf der Treppe, auf dem Flur, vernahm er
ein wunderliches Getöse; es schien aus Spalanzanis
Studierzimmer herauszuschallen. – Ein Stampfen – ein
Klirren – ein Stoßen – Schlagen gegen die Tür, dazwischen
Flüche und Verwünschungen. Laß los – laß los – Infamer
– Verruchter! – Darum Leib und Leben daran gesetzt? –
ha ha ha ha! – so haben wir nicht gewettet – ich, ich hab
die Augen gemacht – ich das Räderwerk – dummer Teufel
mit deinem Räderwerk – verfluchter Hund von einfältigem
Uhrmacher – fort mit dir – Satan – halt – Peipendreher –
teuflische Bestie! – halt – fort – laß los!

Es waren Spalanzanis und des gräßlichen Coppelius
Stimmen, die so durcheinander schwirrten und tobten.
Hinein stürzte Nathanael von namenloser Angst ergriffen.
Der Professor hatte eine weibliche Figur bei den Schultern
gepackt, der Italiener Coppola bei den Füßen, die zerrten
und zogen sie hin und her, streitend in voller Wut um den
Besitz. Voll tiefen Entsetzens prallte Nathanael zurück,
als er die Figur für Olimpia erkannte; aufflammend
in wildem Zorn wollte er den Wütenden die Geliebte
entreißen, aber in dem Augenblick wand Coppola sich
mit Riesenkraft drehend die Figur dem Professor aus
den Händen und versetzte ihm mit der Figur selbst einen
fürchterlichen Schlag, daß er rücklings über den Tisch,

Il avait monté l'escalier et pénétrait dans le vestibule,
quand il entendit un tapage effrayant qui semblait venir
du cabinet de travail de Spallanzani. — Des battements de
pieds, un cliquetis étrange, — un bruit de ressorts, — des
coups redoublés contre la porte, entremêlés de jurements et
de malédictions : « Lâche... lâche-la donc, — infâme ! —
Scélérat ! — Sais-tu que j'y ai sacrifié mon sang et ma vie ?
— Ha ! — Ha ! — ha ! ha ! ha ! — Ce n'est pas ainsi que nous
avons parié. — C'est moi, moi ! qui ai fait les yeux. — Moi
les rouages ! — Maudit imbécile avec tes rouages ! stupide
horloger ! — Satan ! chien damné ! sors d'ici ! — Arrête !
— Fourbe ! charlatan ! — Vieil animal ! lâcheras-tu ? — Au
diable ! — Lâche donc ! »

Dans ces deux voix, sifflant et mugissant ensemble,
Nathanaël reconnut celles de Spallanzani et de l'affreux
Coppelius. Il se précipita dans la chambre, saisi d'une
angoisse indéfinissable. Le professeur tenait par les épaules et
l'italien Coppola par les jambes une figure de femme qu'ils
se disputaient l'un à l'autre, l'arrachant et la tiraillant avec
une fureur sans pareille. Nathanaël fit un bond en arrière,
frappé d'une horreur inexprimable... Dans cette femme, il
avait reconnu Olympie ! Transporté d'une farouche colère,
il allait défendre sa bien-aimée contre ces furieux ; mais, au
même instant, Coppola, donnant avec une force de géant une
secousse terrible, fit lâcher prise au professeur, et lui appliqua
avec la femme même un coup si violent sur la tête, que
celui-ci chancela et tomba à la renverse par-dessus une table

auf dem Phiolen, Retorten, Flaschen, gläserne Zylinder standen, taumelte und hinstürzte; alles Gerät klirrte in tausend Scherben zusammen. Nun warf Coppola die Figur über die Schulter und rannte mit fürchterlich gellendem Gelächter rasch fort die Treppe herab, so daß die häßlich herunterhängenden Füße der Figur auf den Stufen hölzern klapperten und dröhnten.

Erstarrt stand Nathanael – nur zu deutlich hatte er gesehen, Olimpias toderbleichtes Wachsgesicht hatte keine Augen, statt ihrer schwarze Höhlen; sie war eine leblose Puppe. Spalanzani wälzte sich auf der Erde, Glasscherben hatten ihm Kopf, Brust und Arm zerschnitten, wie aus Springquellen strömte das Blut empor. Aber er raffte seine Kräfte zusammen.

»Ihm nach – ihm nach, was zauderst du? – Coppelius – Coppelius, mein bestes Automat hat er mir geraubt – Zwanzig Jahre daran gearbeitet – Leib und Leben daran gesetzt – das Räderwerk – Sprache – Gang – mein – die Augen – die Augen dir gestohlen. – Verdammter – Verfluchter – ihm nach – hol mir Olimpia – da hast du die Augen! –«

Nun sah Nathanael, wie ein Paar blutige Augen auf dem Boden liegend ihn anstarrten, die ergriff Spalanzani mit der unverletzten Hand und warf sie nach ihm, daß sie seine Brust trafen. – Da packte ihn der Wahnsinn mit glühenden Krallen und fuhr in sein Inneres hinein Sinn und Gedanken zerreißend.

couverte de fioles, de cornues, de flacons et de tubes de verre. Toute la boutique se brisa en mille morceaux. Soudain Coppola chargea Olympie sur ses épaules, et, riant aux éclats d'une façon abominable, il se mit à courir et à descendre l'escalier de sorte que les pieds pendants de la misérable figure se choquaient et résonnaient comme des morceaux de bois contre les marches.

Nathanaël était pétrifié. Il n'avait que trop clairement vu. — Le visage d'Olympie, pâle comme la mort, était en cire, et dépourvu d'yeux : de noires cavités en tenaient la place. Ce n'était qu'une poupée inanimée. — Spallanzani se roulait à terre, les morceaux de verre lui avaient coupé et lacéré la tête, les bras, la poitrine : son sang coulait à flots. Mais rassemblant toutes ses forces :

« Après lui ! cria-t-il, à sa poursuite ! sans nul délai. — Coppelius ! Coppelius ! voleur infâme ! — Mon meilleur automate ! — le fruit de vingt années de travail, le prix de ma vie et de mon sang ! — Les rouages, le mouvement, la parole ! tout m'appartient. — Les yeux… oui, je lui ai pris les yeux ! — Réprouvé ! Belzébuth ! — après lui ! cours… rapporte-moi Olympie : tiens ! voilà les yeux ! »

Nathanaël vit alors deux yeux sanglants gisants par terre et le regardant fixement : Spallanzani les saisit de sa main la moins endommagée, et les lui jeta de telle sorte qu'ils vinrent frapper sa poitrine. — Soudain la folie imprima sur Nathanaël ses griffes ardentes et s'empara de tout son être en brisant les ressorts du jugement et de la pensée.

»Hui – hui – hui! – *Feuerkreis* – *Feuerkreis!* dreh dich *Feuerkreis* – lustig – lustig! – Holzpüppchen hui schön Holzpüppchen dreh dich –« damit warf er sich auf den Professor und drückte ihm die Kehle zu. Er hätte ihn erwürgt, aber das Getöse hatte viele Menschen herbeigelockt, die drangen ein, rissen den wütenden Nathanael auf und retteten so den Professor, der gleich verbunden wurde. Siegmund, so stark er war, vermochte nicht den Rasenden zu bändigen; der schrie mit fürchterlicher Stimme immerfort:

»Holzpüppchen dreh dich« und schlug um sich mit geballten Fäusten. Endlich gelang es der vereinten Kraft mehrerer, ihn zu überwältigen, indem sie ihn zu Boden warfen und banden. Seine Worte gingen unter in entsetzlichem tierischen Gebrüll. So in gräßlicher Raserei tobend wurde er nach dem Tollhause gebracht.

Ehe ich, günstiger Leser! dir zu erzählen fortfahre, was sich weiter mit dem unglücklichen Nathanael zugetragen, kann ich dir, solltest du einigen Anteil an dem geschickten Mechanikus und Automat-Fabrikanten Spalanzani nehmen, versichern, daß er von seinen Wunden völlig geheilt wurde. Er mußte indes die Universität verlassen, weil Nathanaels Geschichte Aufsehen erregt hatte und es allgemein für gänzlich unerlaubten Betrug gehalten wurde, vernünftigen Teezirkeln (Olimpia hatte sie mit Glück besucht) statt der lebendigen Person eine Holzpuppe einzuschwärzen.

« Hui ! hui ! hui ! — cercle de feu ! — cercle de feu, tourne, tourne ! — allons, gai ! — poupée de bois, hui ! belle petite poupée ! tourne, tourne donc ! » — En même temps il se jeta sur le professeur et lui serrait la gorge ; il l'aurait étranglé, mais le tapage avait attiré beaucoup de monde : on arriva près d'eux, on contint le furieux Nathanaël, et l'on sauva ainsi le professeur, qui fut immédiatement pansé de ses blessures. — Sigismond, quelque vigoureux qu'il fût, ne put suffire à dompter ce furibond ; il ne cessait de crier d'une voix horrible :

« Tourne, poupée de bois ! tourne ! » et il frappait autour de lui, les poings fermés. Enfin, grâce aux efforts réunis de plusieurs personnes, on se rendit maître de lui en le terrassant et en le garrottant. Ses cris expirèrent peu à peu dans une sorte de rugissement bestial, et il fut transporté à l'hôpital des fous, agité de convulsions frénétiques épouvantables.

Avant de continuer à te raconter, lecteur bénévole, la suite des aventures du malheureux Nathanaël, je puis t'assurer, dans le cas où tu t'intéresserais quelque peu à l'habile mécanicien et fabricateur d'automates, Spallanzani, qu'il fut bientôt complètement guéri de ses blessures. Il lui fallut cependant quitter l'université, parce que l'histoire de Nathanaël avait fait beaucoup de sensation, et qu'on réprouva unanimement, comme une supercherie des plus inconvenantes, l'action d'avoir introduit dans des sociétés raisonnables (Olympie avait paru dans plusieurs cercles avec succès) une poupée de bois en guise d'une personne naturelle.

Juristen nannten es sogar einen feinen und um so härter zu bestrafenden Betrug, als er gegen das Publikum gerichtet und so schlau angelegt worden, daß kein Mensch (ganz kluge Studenten ausgenommen) es gemerkt habe, unerachtet jetzt alle weise tun und sich auf allerlei Tatsachen berufen wollten, die ihnen verdächtig vorgekommen. Diese letzteren brachten aber eigentlich nichts Gescheutes zutage.

Denn konnte z. B. wohl irgend jemanden verdächtig vorgekommen sein, daß nach der Aussage eines eleganten Teeisten Olimpia gegen alle Sitte öfter genieset, als gegähnt hatte? Ersteres, meinte der Elegant, sei das Selbstaufziehen des verborgenen Triebwerks gewesen, merklich habe es dabei geknarrt usw. Der Professor der Poesie und Beredsamkeit nahm eine Prise, klappte die Dose zu, räusperte sich und sprach feierlich:

»Hochzuverehrende Herren und Damen! merken Sie denn nicht, wo der Hase im Pfeffer liegt? Das Ganze ist eine Allegorie – eine fortgeführte Metapher! – Sie verstehen mich! – *Sapienti sat!*«

Aber viele hochzuverehrende Herren beruhigten sich nicht dabei; die Geschichte mit dem Automat hatte tief in ihrer Seele Wurzel gefaßt und es schlich sich in der Tat abscheuliches Mißtrauen gegen menschliche Figuren ein. Um nun ganz überzeugt zu werden, daß man keine Holzpuppe liebe,

Des légistes y virent même une fraude très-subtile, d'autant plus condamnable, disaient-ils, qu'elle avait été ourdie contre la masse du public, et si perfidement combinée que personne ne s'était douté du fait, à l'exception de quelques étudiants très-sensés. Il est vrai qu'à présent c'était à qui feindrait d'avoir eu vent de la chose, et chacun citait à l'appui de ses prétentions mainte et mainte circonstance qui lui avait paru suspecte. Mais encore n'avançaient-ils rien de bien concluant.

Ainsi, par exemple, quel soupçon avait-on pu concevoir de ce qu'Olympie, s'il fallait en croire certain habitué des salons, avait, contrairement à tous les usages, plus souvent éternué que bâillé ? Le premier phénomène, disait notre élégant, résultait du mouvement caché des rouages qui, en se remontant d'eux-mêmes, produisaient, en effet, aux mêmes intervalles, un craquement sensible, etc., etc... Le professeur de poésie et d'éloquence prit une prise, referma sa tabatière, toussa avec affectation, et dit d'un air solennel :

« Honorables messieurs et dames, ne voyez-vous pas où gît le lièvre ? le tout est une allégorie, une métaphore amplifiée. — Vous me comprenez ? *sapienti sat !...* »

Mais un grand nombre d'honorables messieurs ne se tint nullement pour satisfait de l'explication ; l'histoire de l'automate avait fait une profonde impression sur eux, et il s'établit, en effet, une secrète et affreuse méfiance contre les figures humaines. Pour acquérir la conviction certaine de ne pas s'être épris d'une poupée de bois,

wurde von mehrern Liebhabern verlangt, daß die Geliebte etwas taktlos singe und tanze, daß sie beim Vorlesen sticke, stricke, mit dem Möpschen spiele usw. vor allen Dingen aber, daß sie nicht bloß höre, sondern auch manchmal in der Art spreche, daß dies Sprechen wirklich ein Denken und Empfinden voraussetze. Das Liebesbündnis vieler wurde fester und dabei anmutiger, andere dagegen gingen leise auseinander. »Man kann wahrhaftig nicht dafür stehen«, sagte dieser und jener. In den Tees wurde unglaublich gegähnt und niemals geniesct, um jedem Verdacht zu begegnen. – Spalanzani mußte, wie gesagt, fort, um der Kriminaluntersuchung wegen [des] der menschlichen Gesellschaft betrüglicherweise eingeschobenen Automats zu entgehen.

Coppola war auch verschwunden.

Nathanael erwachte wie aus schwerem, fürchterlichem Traum, er schlug die Augen auf und fühlte wie ein unbeschreibliches Wonnegefühl mit sanfter himmlischer Wärme ihn durchströmte. Er lag in seinem Zimmer in des Vaters Hause auf dem Bette, Clara hatte sich über ihn hingebeugt und unfern standen die Mutter und Lothar.

»Endlich, endlich, o mein herzlieber Nathanael – nun bist du genesen von schwerer Krankheit – nun bist du wieder mein!«

So sprach Clara recht aus tiefer Seele und faßte den Nathanael in ihre Arme. Aber dem quollen vor lauter Wehmut und Entzücken die hellen glühenden Tränen aus den Augen und er stöhnte tief auf.

plus d'un amant exigea de sa maîtresse qu'elle chantât et dansât un peu hors de mesure, qu'elle voulût bien tricoter ou broder, et même jouer avec le petit chien en écoutant la lecture, et ainsi du reste ; mais sur toutes choses qu'elle ne se contentât pas d'écouter, et qu'elle parlât aussi quelquefois de manière à faire entrevoir sous ses paroles une pensée et une sensation. Ce genre d'épreuves resserra un certain nombre de liens amoureux qui devinrent d'autant plus agréables, tandis que d'autres se dénouèrent peu à peu. « On ne peut vraiment pas en répondre ! » répétait-on de côté et d'autre. Dans les cercles, les thés, on bâilla d'une manière incroyable, et l'on s'abstint absolument d'éternuer, afin d'échapper à tout soupçon. — Spallanzani, ainsi qu'on l'a dit plus haut, fut obligé de partir pour se soustraire à une instruction criminelle au sujet de l'installation frauduleuse de l'automate dans la société des hommes.

Coppola avait également disparu.

Nathanaël se réveilla comme d'un rêve lourd et terrible ; il ouvrit les yeux et sentit une impression de bonheur ineffable le pénétrer d'une douce et bienfaisante chaleur. Il était dans la maison paternelle, couché dans sa chambre ; il vit Clara penchée vers lui, et près de là sa mère et Lothaire.

« Enfin ! enfin, ô mon bien-aimé Nathanaël ! te voilà donc guéri d'une grave maladie. — Maintenant tu m'es rendu ! »

Ainsi parlait Clara dans l'effusion de son cœur, et elle pressa Nathanaël dans ses bras. Des larmes de joie et d'émotion s'échappèrent des yeux de Nathanaël, limpides et brûlantes, puis après un profond soupir :

»Meine – meine Clara!«

Siegmund, der getreulich ausgeharrt bei dem Freunde in großer Not, trat herein. Nathanael reichte ihm die Hand:

»Du treuer Bruder hast mich doch nicht verlassen.«

Jede Spur des Wahnsinns war verschwunden, bald erkräftigte sich Nathanael in der sorglichen Pflege der Mutter, der Geliebten, der Freunde. Das Glück war unterdessen in das Haus eingekehrt; denn ein alter karger Oheim, von dem niemand etwas gehofft, war gestorben und hatte der Mutter nebst einem nicht unbedeutenden Vermögen ein Gütchen in einer angenehmen Gegend unfern der Stadt hinterlassen. Dort wollten sie hinziehen, die Mutter, Nathanael mit seiner Clara, die er nun zu heiraten gedachte, und Lothar. Nathanael war milder, kindlicher geworden, als er je gewesen und erkannte nun erst recht Claras himmlisch reines, herrliches Gemüt. Niemand erinnerte ihn auch nur durch den leisesten Anklang an die Vergangenheit. Nur, als Siegmund von ihm schied, sprach Nathanael:

»Bei Gott Bruder! ich war auf schlimmen Wege, aber zu rechter Zeit leitete mich ein Engel auf den lichten Pfad! – Ach es war ja Clara! –«

Siegmund ließ ihn nicht weiter reden, aus Besorgnis, tief verletzende Erinnerungen möchten ihm zu hell und flammend aufgehen.

« Ma Clara ! » dit-il.

Sigismond, qui avait fidèlement suivi son ami malade, entra. Nathanaël lui tendit la main :

« Mon bon frère ! tu ne m'as donc pas quitté. »

Toute trace d'égarement avait disparu, et Nathanaël recouvra bientôt ses forces, grâce aux tendres soins de sa mère, de sa fiancée et de ses deux amis.

Sur ces entrefaites, le bonheur était entré dans la maison, car un vieil oncle avare, dont personne dans la famille n'attendait rien, avait en mourant laissé à la mère, en outre d'un capital fort honnête, une petite propriété située non loin de la ville dans une agréable position. C'est là que songeait à s'établir Nathanaël avec sa mère et Lothaire, et sa Clara qu'il était bien résolu cette fois à épouser. Nathanaël était devenu plus doux, plus affectueux que jamais, et il savait enfin apprécier l'âme si belle et si pure de l'angélique Clara. Personne ne lui adressa le moindre mot relatif au passé. Seulement lorsque Sigismond prit congé de lui, Nathanaël lui dit :

« Par le ciel ! frère, j'étais sur une mauvaise route ; mais un ange m'a ramené à temps dans une voie de lumière et de paix !
— Et c'est ma Clara !... »

Mais Sigismond ne le laissa pas continuer dans la crainte que des souvenirs amers et implacables ne se réveillassent en lui avec trop d'énergie.

Es war an der Zeit, daß die vier glücklichen Menschen nach dem Gütchen ziehen wollten. Zur Mittagsstunde gingen sie durch die Straßen der Stadt. Sie hatten manches eingekauft, der hohe Ratsturm warf seinen Riesenschatten über den Markt.

»Ei!« sagte Clara: »steigen wir doch noch einmal herauf und schauen in das ferne Gebirge hinein!«

Gesagt, getan! Beide, Nathanael und Clara, stiegen herauf, die Mutter ging mit der Dienstmagd nach Hause, und Lothar, nicht geneigt, die vielen Stufen zu erklettern, wollte unten warten. Da standen die beiden Liebenden Arm in Arm auf der höchsten Galerie des Turmes und schauten hinein in die duftigen Waldungen, hinter denen das blaue Gebirge, wie eine Riesenstadt, sich erhob.

»Sieh doch den sonderbaren kleinen grauen Busch, der ordentlich auf uns los zu schreiten scheint«, frug Clara.

Nathanael faßte mechanisch nach der Seitentasche; er fand Coppolas Perspektiv, er schaute seitwärts – Clara stand vor dem Glase! – Da zuckte es krampfhaft in seinen Pulsen und Adern – totenbleich starrte er Clara an, aber bald glühten und sprühten Feuerströme durch die rollenden Augen, gräßlich brüllte er auf, wie ein gehetztes Tier; dann sprang er hoch in die Lüfte und grausig dazwischen lachend schrie er in schneidendem Ton: »Holzpüppchen dreh dich – Holzpüppchen dreh dich« – und mit gewaltiger Kraft faßte er Clara und wollte sie herabschleudern,

Le jour était venu où les quatre amis devaient partir pour leur petite propriété. À l'heure de midi, ils parcouraient les rues de la ville après avoir fait plusieurs emplettes. La tour élevée de l'Hôtel-de-Ville projetait sur la place du marché son ombre gigantesque.

« Ah ! dit Clara, montons donc encore une fois là-haut pour voir les montagnes lointaines ! »

Aussitôt fait que dit : Nathanaël et Clara montèrent ensemble, la mère rentra à la maison avec la servante, et Lothaire, ne se sentant pas disposé à monter tant de marches, voulut attendre en bas. Les deux amants étaient donc sur la plus haute galerie de la tour, se donnant le bras, et contemplant les forêts verdoyantes derrière lesquelles se dessinaient à l'horizon, comme une cité de géants, les cimes bleuâtres des montagnes.

« Regarde donc le singulier petit buisson gris là-bas ; on dirait qu'il s'avance vers nous, » dit Clara.

Nathanaël chercha machinalement dans sa poche de côté ; il trouva la lorgnette de Coppola. Il la dirigea sur la plaine... Olympie était devant le verre ! — Un tremblement convulsif parcourut ses veines et son pouls tressaillit. Pâle comme la mort, il regarda Clara fixement... Mais tout d'un coup ses yeux, roulants dans leurs orbites, lancèrent des rayons de feu, il mugit affreusement tel qu'une bête féroce, puis il bondit en l'air à une hauteur extrême et cria avec un rire perçant et horrible : « Poupée de bois, tourne ! — Tourne, poupée de bois ! tourne ! » Alors il saisit Clara avec une violence formidable et voulut la précipiter en bas ;

aber Clara krallte sich in verzweifelnder Todesangst fest an das Geländer. Lothar hörte den Rasenden toben, er hörte Claras Angstgeschrei, gräßliche Ahnung durchflog ihn, er rannte herauf, die Tür der zweiten Treppe war verschlossen – stärker hallte Claras Jammergeschrei. Unsinnig vor Wut und Angst stieß er gegen die Tür, die endlich aufsprang – Matter und matter wurden nun Claras Laute:

»Hülfe – rettet – rettet –« so erstarb die Stimme in den Lüften.

»Sie ist hin – ermordet von dem Rasenden«, so schrie Lothar.

Auch die Tür zur Galerie war zugeschlagen. – Die Verzweiflung gab ihm Riesenkraft, er sprengte die Tür aus den Angeln. Gott im Himmel – Clara schwebte von dem rasenden Nathanael erfaßt über der Galerie in den Lüften – nur mit einer Hand hatte sie noch die Eisenstäbe umklammert. Rasch wie der Blitz erfaßte Lothar die Schwester, zog sie hinein, und schlug im demselben Augenblick mit geballter Faust dem Wütenden ins Gesicht, daß er zurückprallte und die Todesbeute fallen ließ.

Lothar rannte herab, die ohnmächtige Schwester in den Armen. – Sie war gerettet. – Nun raste Nathanael herum auf der Galerie und sprang hoch in die Lüfte und schrie »Feuerkreis dreh dich – *Feuerkreis* dreh dich« – Die Menschen liefen auf das wilde Geschrei zusammen; unter ihnen ragte riesengroß der Advokat Coppelius hervor,

mais Clara, dans son angoisse mortelle et désespérée, s'accrocha à la rampe avec force. Lothaire entendit le vacarme que faisait ce furieux, il distingua les cris de détresse de Clara, un affreux pressentiment s'empara de son esprit. Il vola en haut de la tour : la porte du second escalier était fermée ; Clara poussa un cri de désespoir plus déchirant... Presque fou de fureur et d'effroi, il se rue contre la porte qui cède enfin. Les cris de Clara devenaient de plus en plus faibles :

« Au secours !... à moi ! à moi !... » et la voix se perdit dans les airs.

« Elle est morte, ce forcené l'a tuée ! » s'écria Lothaire.

La porte de la galerie était également fermée : la rage lui donne une force surhumaine, il fait sauter la porte de ses gonds... Dieu du ciel ! Clara, soulevée par le furieux Nathanaël, était suspendue dans les airs en dehors de la balustrade, et n'étreignait plus que d'une seule de ses mains un barreau de fer. Prompt comme l'éclair, Lothaire saisit sa sœur, rentre son corps sur la plate-forme, et assène en même temps son poing fermé sur le visage du frénétique qui, lâchant sa proie de mort, recula en chancelant.

Lothaire descendit précipitamment, tenant dans ses bras sa sœur évanouie ; — elle était sauvée. — Cependant Nathanaël se démenait tout autour de la galerie et faisait des bonds prodigieux en criant : « Cercle de feu, tourne ! — cercle de feu, tourne ! » — La foule accourut à ces cris sauvages ; au milieu d'elle surgissait comme un colosse l'avocat Coppelius,

der eben in die Stadt gekommen und gerades Weges nach dem Markt geschritten war. Man wollte herauf, um sich des Rasenden zu bemächtigen, da lachte Coppelius sprechend: »Ha ha – wartet nur, der kommt schon herunter von selbst«, und schaute wie die übrigen hinauf. Nathanael blieb plötzlich wie erstarrt stehen, er bückte sich herab, wurde den Coppelius gewahr und mit dem gellenden Schrei:

»Ha! Sköne Oke – Sköne Oke«, sprang er über das Geländer.

Als Nathanael mit zerschmettertem Kopf auf dem, Steinpflaster lag, war Coppelius im Gewühl verschwunden.

Nach mehreren Jahren will man in einer entfernten Gegend Clara gesehen haben, wie sie mit einem freundlichen Mann, Hand in Hand vor der Türe eines schönen Landhauses saß und vor ihr zwei muntre Knaben spielten. Es wäre daraus zu schließen, daß Clara das ruhige häusliche Glück noch fand, das ihrem heitern lebenslustigen Sinn zusagte und das ihr der im Innern zerrissene Nathanael niemals hätte gewähren können.

qui venait d'arriver dans la ville et s'était dirigé tout droit vers le marché. On voulait monter à la tour pour s'emparer du furieux. Coppelius se mit à rire en disant : « Ah ! ah ! attendez : celui-là descendra tout seul. » Et il regarda en haut comme tout le monde. On vit Nathanaël subitement s'arrêter comme pétrifié, puis il se pencha un peu, aperçut Coppelius, et en criant d'une voix retentissante :

« Ah ! — de beaux yeux, *belli occhi* ! » il sauta par-dessus la rampe...

Lorsque Nathanaël fut tombé sur le pavé, la tête fracassée, Coppelius avait disparu de la foule.

On prétend qu'on vit plusieurs années après, dans une contrée éloignée, Clara assise à la porte d'une jolie maison de campagne auprès d'un homme agréable, sa main dans la sienne, avec deux beaux enfants jouant devant elle. On pourrait en conclure que Clara trouva enfin le bonheur domestique et paisible qui convenait à son caractère gai et content de la vie, bonheur que n'aurait jamais pu lui procurer Nathanaël avec son cœur ulcéré.

Ende

Fin

DANS LA MÊME ÉDITION BILINGUE + AUDIO INTÉGRÉ :

- NIETOTCHKA NEZVANOVA (Fiodor Dostoïevski)   *russe-français*
- LE PETIT HÉROS (Fiodor Dostoïevski)   *russe-français*
- LE VIJ (Nicolas Gogol)   *russe-français*
- LE NEZ (Nicolas Gogol)   *russe-français*
- LE PORTRAIT (Nicolas Gogol)   *russe-français*
- TARASS BOULBA (Nicolas Gogol)   *russe-français*
- LE JOURNAL D'UN FOU (Nicolas Gogol)   *russe-français*
- LA MÈRE (Maxime Gorki)   *russe-français*
- LA PAUVRE LISE (Nikolaï Karamzine)   *russe-français*
- LA DAME DE PIQUE (Alexandre Pouchkine)   *russe-français*
- LA FILLE DU CAPITAINE (Alexandre Pouchkine)   *russe-français*
- TROIS CONTES RUSSES (Mikhaïl Saltykov-Chtchédrine) *russe-français*
- LA MORT D'IVAN ILITCH (Léon Tolstoï)   *russe-français*
- LE FAUX-COUPON (Léon Tolstoï)   *russe-français*
- PÈRES ET FILS (Ivan Tourgueniev)   *russe-français*

- ROUDINE (Ivan Tourgueniev) *russe-français*
- NOUS AUTRES (Ievgueni Zamiatine) *russe-français*
- FLATLAND (Edwin A. Abbott) *anglais-français*
- AGNÈS GREY (Anne Brontë) *anglais-français*
- WUTHERING HEIGHTS (Emily Brontë) *anglais-français*
- LA RACE À VENIR (Edward Bulwer-Lytton) *anglais-français*
- LE NOMMÉ JEUDI (G. K. Chesterton) *anglais-français*
- L'HÔTEL HANTÉ (Wilkie Collins) *anglais-français*
- GASPAR RUIZ (Joseph Conrad) *anglais-français*
- MA VIE D'ESCLAVE AMÉRICAIN (Frederick Douglass) *anglais-français*
- MA VIE, MON ŒUVRE (Henry Ford) *anglais-français*
- LISETTE LEIGH (Elizabeth Gaskell) *anglais-français*
- LA FILLE DE RAPPACCINI (Nathaniel Hawthorne) *anglais-français*
- LE LIVRE DES MERVEILLES (Nathaniel Hawthorne) *anglais-français*
- SLEEPY HOLLOW (Washington Irving) *anglais-français*
- LE TOUR D'ÉCROU (Henry James) *anglais-français*
- LES PAPIERS D'ASPERN (Henry James) *anglais-français*
- RASSELAS, PRINCE D'ABYSSINIE (Samuel Johnson) *anglais-français*
- L'HOMME QUI VOULUT ÊTRE ROI (Rudyard Kipling) *anglais-français*
- LE LIVRE DE LA JUNGLE (Rudyard Kipling) *anglais-français*
- JOHN BARLEYCORN (Jack London) *anglais-français*
- LES VAGABONDS DU RAIL (Jack London) *anglais-français*
- L'ASSERVISSEMENT DES FEMMES (John Stuart Mill) *anglais-français*
- LE VAMPIRE (John Polidori, Lord Byron) *anglais-français*
- ROMÉO ET JULIETTE (William Shakespeare) *anglais-français*
- HAMLET (William Shakespeare) *anglais-français*
- OTHELLO (William Shakespeare) *anglais-français*
- OLALLA (R. L. Stevenson) *anglais-français*
- L'ÎLE AU TRÉSOR (R. L. Stevenson) *anglais-français*
- L'ÉTRANGE CAS DE DR JEKYLL ET M. HYDE (Stevenson) *anglais-français*
- WALDEN, OU LA VIE DANS LES BOIS (Thoreau) *anglais-français*
- LA DÉSOBÉISSANCE CIVILE (Thoreau) *anglais-français*
- PLUS FORT QUE SHERLOCK HOLMES (Mark Twain) *anglais-français*

- LA MACHINE À EXPLORER LE TEMPS (H. G. Wells)   *anglais-français*
- LE PAYS DES AVEUGLES (H. G. Wells)   *anglais-français*
- ETHAN FROME (Édith Wharton)   *anglais-français*
- LE PORTRAIT DE DORIAN GRAY (Oscar Wilde)   *anglais-français*
- LE FANTÔME DE CANTERVILLE (Oscar Wilde)   *anglais-français*
- SALOMÉ (Oscar Wilde)   *anglais-français*
- L'ÉTRANGE HISTOIRE DE PETER SCHLEMIHL (Chamisso)   *allemand-français*
- CONTES CHOISIS (Frères Grimm)   *allemand-français*
- L'HOMME AU SABLE (E.T.A. Hoffmann)   *allemand-français*
- LE JOUEUR D'ÉCHECS (Stefan Zweig)   *allemand-français*
- LE BOUQUINISTE MENDEL (Stefan Zweig)   *allemand-français*
- LES CAHIERS DE MALTE LAURIDS BRIGGE (R.M. Rilke)   *allemand-français*
- LES SOUFFRANCES DU JEUNE WERTHER (J.W. Goethe)   *allemand-français*
- CONTES (H.C. Andersen)   *danois-français*
- CORNÉLIA (Cervantès)   *espagnol-français*
- RINCONÈTE ET CORTADILLO (Cervantès)   *espagnol-français*
- ALICE AU PAYS DES MERVEILLES (Lewis Carroll)   *espéranto-français*
- LA SAGA DE NJAL (Anonyme)   *islandais-français*
- LES AVENTURES DE PINOCCHIO (Carlo Collodi)   *italien-français*
- LA LOCANDIERA (Carlo Goldoni)   *italien-français*
- LE PRINCE (Nicolas Machiavel)   *italien-français*
- MAX HAVELAAR (Multatuli)   *néerlandais-français*
- LE PETIT JOHANNES (Frederik van Eeden)   *néerlandais-français*
- UNE MAISON DE POUPÉE (Henrik Ibsen)   *norvégien-français*
- ANIELKA (Bolesław Prus)   *polonais-français*
- BARTEK VAINQUEUR (Henryk Sienkiewicz)   *polonais-français*
- MÉMOIRES POSTHUMES DE BRÁS CUBAS (M. de Assis)   *portugais-français*

Impression CreateSpace
à Charleston SC, en octobre 2019.

Imprimé aux États-Unis.

Découvrez l'ensemble de nos ouvrages
sur notre site :

www.laccolade-editions.com